Die narzisstische Mutter

Wie Sie der Narzisse die Macht entreißen, alte Wunden heilen und Ihr neues Leben selbst bestimmen

Charlotte Sommer

INHALTSVERZEICHNIS

KAPITEL 2

KAPITEL 3

KAPITEL 4

KAPITEL 5

KAPITEL 6

Brechen Sie aus! Die Abgrenzung von der narzisstischen Mutter

KAPITEL 7

VORWORT

Es gibt wohl kaum eine wichtigere Bezugsperson als die Mutter: Sie nimmt in den Arm, tröstet, zeigt Mitgefühl und ist stets zur Stelle, wenn das Kind sie braucht. Was passiert jedoch, wenn dies alles nicht der Fall ist? Wenn die Mutter keine Zuneigung, kein Mitgefühl und auch keine Liebe zeigen kann?

Kinder von narzisstischen Müttern erfahren genau dieses Gefühl der Entbehrung und emotionalen Kälte an fast jedem Tag ihrer Kindheit. Vor allem die Mutter-Tochter-Beziehung wird durch narzisstische Züge oder eine narzisstische Persönlichkeitsstörung der Mutter nachhaltig geschädigt.

Dabei beginnen die Probleme meist schon früh in der Kindheit. Durch die Unfähigkeit der Mutter keine oder nur geringe Liebe zeigen zu können, erfahren die Töchter weder Wärme noch Geborgenheit oder Schutz. Was für das Kind im ersten Moment als normal erscheint, entwickelt sich im Laufe der Jahre jedoch zu einer steigernden Problematik für das eigene soziale Leben.

Spätestens in der Schule beginnen Töchter von narzisstischen Müttern zu erkennen, dass es eben nicht normal ist, keine Anerkennung oder Liebe von der Mutter zu erhalten. Diese Erkenntnis kann negative Gefühle mit sich bringen, die die Mutter-Tochter-Beziehung noch weiter nachhaltig beeinflussen wird.

Der schädigende Einfluss der Mutter wird die Töchter Zeit ihres Lebens verfolgen. Denn das geringe Selbstwertgefühl der Mutter wurde in der Kindheit der Tochter durch Machtphantasien und Selbstüberschätzung aufgewertet. Eine Abwertung anderer Menschen geschieht immer nur, um sich selbst aufzuwerten. Und dabei schrecken die Mütter auch nicht vor den eigenen Töchtern zurück. So wird bewertet, kontrolliert und selbst manipuliert. Narzisstische Mütter stellen sich selbst dem Konkurrenzkampf mit der eigenen Tochter. Es gibt keine Grenzen, an die sie sich halten. Und aufgrund der fehlenden Empathie können sich diese Mütter auch nicht in die Lage ihrer Töchter hineinversetzen und so erfahren oder fühlen, was sie mit ihrem Handeln eigentlich anrichten.

Die narzisstische Mutter wird vielleicht niemals erfahren, welch tiefe Wunden und Narben sie in der Seele ihrer Tochter hinterlassen hat. Wie sie das Leben ihres eigenen Kindes auf eine perfide und abschreckende Weise geprägt hat. Ja, Narzissmus ist eine Form des emotionalen Missbrauchs.

Denn die wichtigsten Grundbedürfnisse wie Schutz und Sicherheit, Liebe, Anerkennung sowie die Möglichkeit zur Selbstverwirklichung, lernen Töchter von narzisstischen Müttern niemals kennen. Sie lernen nicht, ob und wie sie ihren eigenen Gefühlen trauen können. Stattdessen sind sie unsicher und leben zurückgezogen. Die seelischen Wunden aus der Kindheit sitzen tief. Und nicht selten sucht sich die Selbstunsicherheit in Form von Selbstverletzung, Süchten oder psychischen Störungen einen Weg nach draußen. Die Hilfeschreie des inneren Kindes werden im Laufe des Lebens der Töchter immer lauter. Und nur selten werden diese Schreie von anderen wahrgenommen.

Sie sind aber nicht allein! Es mag sich im ersten Moment vielleicht so anfühlen, dass Sie und Ihr inneres Kind diesen Weg ganz allein gehen müssen. Im Laufe dieses Buches werden Sie jedoch erkennen, dass dies nicht der Fall ist. In den USA sind beispielsweise 158 Millionen Menschen von narzisstischem Missbrauch betroffen.[1]

Durch das Lesen dieses Buches werden die inneren Verletzungen und Narben sicherlich nicht verschwinden. Aber es wird zum Heilungsprozess beitragen. Sie werden erkennen, dass Sie sich aus den Fesseln der narzisstischen Mutter lösen können, um endlich ein glückliches und selbstbestimmtes Leben führen zu können.

1 Quelle: https://psychcentral.com/lib/narcissistic-abuse-affects-over-158-million-people-in-the-u-s

Vielleicht werden Sie auch nach den folgenden Kapiteln Ihre Mutter aus einer anderen Perspektive betrachten. Sie werden ihr Verhalten nicht gutheißen, aber, unter Umständen, verstehen. Denn Narzissmus wählt kein Mensch für sich aus, sondern Narzissmus ist eine Krankheit.

KAPITEL 1

Narzissmus - Der böse Schrei nach Liebe

Wenn wir an einen Narzissten denken, haben wir sicherlich das Bild eines selbstverliebten Menschen vor unserem geistigen Auge, der vor einem Spiegel steht. Und tatsächlich ist der Ursprung des Begriffes *Narzissmus* auf einen Jüngling aus der griechischen Mythologie zurückzuführen.

Narziss war sein Name. Er war der Sohn des Flussgottes Kephisos und der Nymphe Leiriope. Narziss war so schön, dass er nicht nur von allen Frauen, sondern auch von Männern umworben wurde. Jedoch verschmähte er all seine Verehrer. Unter den vielen männlichen Verehrern befand sich auch der junge Ameinias. Doch Narziss verschmähte auch ihn. Mit einem Schwert, das Ameinias von Narziss erhalten hatte, beging er daraufhin Selbstmord und bat die Göttin Nemesis um Rache. Diese erhörte seine Bitte und bestrafte Narziss mit einer unstillbaren

Selbstliebe. Von nun an war Narziss bestraft nur sich selbst zu lieben, da er anscheinend nicht in der Lage war, einer anderen Person wahre Gefühle entgegenzubringen.

Eines Tages unternahm Narziss einen Spaziergang durch den Wald. Als er sich zum Trinken über den Teich lehnte, erblickte er sein Spiegelbild und verliebte sich sofort in dieses. Er nahm nicht wahr, dass er es selbst war, den er dort im Wasser erblickte. Fortan verbrachte Narziss Tag und Nacht am Wasser und verzweifelte, weil er keine Antwort von seinem geliebten Gegenüber erhielt.

Beim Versuch das geliebte Wesen im Teich zu umarmen, ertrank Narziss schließlich. Die Legende besagt, dass an der Stelle, an der Narziss gesessen hatte, später eine Narzisse gewachsen ist.

Im Narzissmus, den wir heute kennen, geht es jedoch um weitaus mehr als nur die reine Selbstliebe.

1. Was genau ist Narzissmus?

Vor vielen Jahrhunderten galt der Narzissmus als Makel oder Sünde. Erst viele Jahre später wurde er als Persönlichkeitsstörung von unterschiedlichen Psychiatern anerkannt. Grundsätzlich beschreibt der Narzissmus eine Selbst- oder Eigenliebe, die in übertriebener Weise empfunden wird. Der Narzisst ist nicht nur selbstverliebt, sondern zeichnet sich auch durch eine übertriebene

Selbstbezogenheit aus. Er interessiert sich nicht für andere, sondern kümmert sich nur um sich selbst. Dabei kommt es nicht selten zu einer fatalen Selbstüberschätzung, sondern auch zu einer überzogenen Anspruchshaltung. Dem Narzissten ist nie etwas gut genug.

Narzissten tragen eine unendliche Gier nach Bewunderung in sich und können nur schwer mit Kritik an der eigenen Person umgehen. Und auch das Einfühlungsvermögen gegenüber den Mitmenschen fehlt den Narzissten.

Menschen, die unter einer narzisstischen Persönlichkeitsstörung leiden, haben ein gestörtes Gleichgewicht zwischen Egoismus und Uneigennützigkeit, Rücksichtslosigkeit und Achtung sowie des Empfindens des Selbst- und Fremdwertes. Der Narzisst bewertet die eigene Person über, während alle anderen Menschen entwertet werden.

Dabei ist es jedoch wichtig, zwischen dem gesunden und dem krankhaften Narzissmus zu unterscheiden. Im Grunde trägt jeder Mensch narzisstische Züge in sich. Diese sind auf eine gewisse Weise für die Selbstliebe sowie für das Selbstwertgefühl von entscheidender Bedeutung.

Jeder Mensch sollte in einem gewissen Maß in der Lage sein, sich in einem positiven Licht zu sehen und zu bewerten. Auf diese Weise können die eigenen Bedürfnisse gespürt und beachtet werden. Der gesunde Narzissmus bildet die Grundlage für Selbstachtung und Selbstbewusstsein.

Und auf diesem Gerüst kann eine stabile Persönlichkeit errichtet werden.

Der gesunde Narzissmus führt zudem zu einer harmonischen Ausstrahlung und Ausgeglichenheit sowie der Fähigkeit in sich selbst ruhen zu können. Es wird gleichermaßen gegeben und genommen.

Nur weil ein Mensch ehrgeizig und selbstbewusst ist, bedeutet das noch lange nicht, dass er auch ein Narzisst ist. Viel zu oft wird das Streben nach Selbstverwirklichung und Anerkennung mit Egoismus oder Arroganz gleichgesetzt. Es ist sehr wichtig, zu unterscheiden, dass diese Attribute nichts mit dem Narzissmus zu tun haben.

Menschen, die unter dem krankhaften oder auch negativen Narzissmus leiden, sind sich stets selbst zugewandt. Sie konzentrieren sich ausschließlich auf ihre eigenen Bedürfnisse und Wünsche. Zudem geben sie nicht gern, sondern nehmen lieber. Krankhafte Narzissten stellen sich gerne selbst in den Mittelpunkt des Geschehens und bringen nur wenig bis gar keine Empathie auf.

Narzissten haben nur ein geringes Selbstwertgefühl. Dieses versuchen sie jedoch gekonnt zu überspielen. Um die Fassade aufrecht zu erhalten, benötigen sie jedoch die ständige Bestätigung von außen. Erhalten sie diese nicht mehr, sind zwischenmenschliche Probleme vorprogrammiert.

Der krankhafte Narzisst ist sehr auf sich bezogen und beachtet andere nicht oder vernachlässigt sie. Der Eigennutz geht immer über das Gemeinwohl.

Die negative Form des Narzissmus kennzeichnet sich demnach durch vier entscheidende Punkte:

- übertriebene Egozentrik
- mangelnde Empathie
- übersteigerte Empfindlichkeit
- Entwertung anderer

Solange ein narzisstischer Persönlichkeitsstil ein Bestandteil einer ausgewogenen, gesunden und harmonischen Persönlichkeit ist, kann dieser nicht als Krankheit bezeichnet werden. Anders sieht es hingegen bei der narzisstischen Persönlichkeitsstörung aus.

2. Krankheitsbild der narzisstischen Persönlichkeitsstörung

Die narzisstische Persönlichkeitsstörung beschreibt eine tiefgreifende Störung der Persönlichkeit, bei der das Bedürfnis nach Bewunderung, Zuwendung und Anerkennung in krankhafter und übertriebener Weise ausgelebt wird. Somit kann auch der krankhafte Narzissmus als narzisstische Persönlichkeitsstörung bezeichnet werden.

Laut **ICD-10**, Internationale statistische Klassifikation der Krankheiten und verwandter Gesundheitsprobleme, wird eine Persönlichkeitsstörung als psychische Erkrankung gelistet. Die narzisstische Persönlichkeitsstörung wird unter **F60.8** geführt.

Die Ursachen für die Erkrankung lassen sich oftmals in der Kindheit finden. In der frühen Entwicklung haben die Betroffenen nur wenig Liebe erfahren. Dieses Defizit versuchen sie im Laufe ihres Lebens auf unterschiedliche Weise auszugleichen. Auf die Ursachen des Narzissmus werden wir im Verlauf des Buches jedoch noch intensiver eingehen.

In Deutschland leidet etwa ein Prozent der Bevölkerung an der narzisstischen Persönlichkeitsstörung. In den USA sind es sogar sechs Prozent.[2] Dabei werden unterschiedliche Typen unterschieden:

- exhibitionistischer Narzissmus mit hohem Funktionsniveau
- grandios-maligner Narzissmus
- vulnerabel-fragiler (verdeckter) Narzissmus
- altruistischer Narzissmus
- kommunaler Narzissmus

2 Quelle: https://psychcentral.com/lib/narcissistic-abuse-affects-over-158-million-people-in-the-u-s

- amouröser Narzissmus

Lassen Sie uns jetzt etwas genauer auf die unterschiedlichen Typen der narzisstischen Persönlichkeitsstörung eingehen, um diese besser zu verstehen.

Exhibitionistischer Narzissmus

Bei dieser Art des Narzissmus wird die Großartigkeit der eigenen Person in der Öffentlichkeit ausgestellt. Auf diese Weise bekommen die Betroffenen die Aufmerksamkeit, die sie benötigen. Sie wirken selbstbewusst und arrogant auf andere Personen. Dieser Typus wird auch oftmals als offener Narzissmus bezeichnet.

Grandios-maligner Narzissmus

Hierbei handelt es sich um einen bösartigen Typus der narzisstischen Persönlichkeitsstörung. Denn die Betroffenen können zu einer Gefahr für die Gesellschaft werden. Im Maligner-Narzissmus werden Aggressionen, Paranoia, antisoziales Verhalten und Narzissmus miteinander kombiniert. Durch die Mischung kann es zu fatalen Taten kommen. In der Geschichte werden beispielsweise Hitler oder Stalin als maligne Narzissten bezeichnet. Diese Narzissten sind von ihrer Großartigkeit überzeugt und fühlen sich oft von anderen missverstanden. Die Wertschätzung, die ihnen ihrer Meinung nach nicht entgegengebracht wird, strafen sie mit Rache ab. Aufgrund der paranoiden Tendenz muss dieser Typus nicht immer mit einer realen Ablehnung konfrontiert werden.

Vulnerabel-fragiler Narzissmus

Dieser Typus wird gerne als verdeckter Narzissmus bezeichnet, da die Betroffenen auf den ersten Blick so gar nicht in das Bild eines Narzissten passen: Sie sind ängstlich, von Scham geprägt und nicht selten depressiv. Sie reagieren sehr sensibel auf Misserfolge und Kritik. Darüber hinaus können sie sich nur schwer in andere Personen hineinversetzen.

Altruistischer Narzissmus

Ein perfider Typus hingegen ist der altruistische Narzissmus. Der Narzisst fällt in diesem Fall durch seine Uneigennützigkeit auf. Er nimmt nicht nur viel Rücksicht auf die Wünsche und Meinungen anderer, sondern zeigt sich auch verständnisvoll und tolerant. Er opfert sich sogar für die Bedürfnisse seiner Mitmenschen regelrecht auf. Außenstehende haben das Gefühl, dass der altruistische Narzisst seine Bedürfnisse komplett zurückstellt, um die Bedürfnisse seiner Mitmenschen befriedigen zu können. Nicht selten werden diese Narzissten aufgrund des selbstlosen Engagement von ihren Mitmenschen geschätzt und angehimmelt. Aus dieser Anerkennung und Bewunderung zieht der altruistische Narzisst seine

Befriedigung. Und so wird er früher oder später für seine Hilfe auch eine Gegenleistung erwarten.

Kommunaler Narzissmus

Der kommunale Narzisst hingegen überschätzt seine Beziehungskompetenz und seine positive Wirkung auf andere. Er ist selbst davon überzeugt, dass er beispielsweise der beste Freund oder Partner ist, den man als Mensch haben kann. Diese Narzissten spielen ihren Mitmenschen oftmals vor, dass sie diese mögen – selbst wenn sie sich ihnen gegenüber nicht freundlich verhalten. Sie sind nicht selten auch der Meinung, dass sie ein wahres Geschenk an die Menschheit sind und jeder dürfte sich glücklich schätzen, mit ihnen befreundet zu sein.

Amouröser Narzissmus

Beim amourösen Narzissten spielt vor allem die Sucht nach Eroberung und Verführung eine entscheidende Rolle. All sein Handeln und Planen dient lediglich dem Ziel zu erobern und beeindrucken. In anderen Mitmenschen sieht er lediglich Objekte, die es zu erobern gilt. Wenn dies getan ist, verliert der amouröse Narzisst das Interesse an seinen Mitmenschen.

3. Wie kennzeichnet sich eine narzisstische Persönlichkeitsstörung?

Bei einer Persönlichkeitsstörung muss bei den Betroffenen immer ein bestimmtes Denk-, Gefühls- und Verhaltensmuster vorhanden sein, das stark von den Erwartungen der soziokulturellen Umgebung abweicht.

Laut den **Diagnostischen und Statistischen Manual Psychischer Störungen (DSM-IV)** müssen mindestens fünf der Symptome vorliegen, damit eine narzisstische Persönlichkeitsstörung diagnostiziert werden kann:

- Die Betroffenen verhalten sich arrogant und überheblich.
- Die Betroffenen verfügen über nur wenig Empathie oder wollen sich einfach nicht in andere hineinversetzen.
- Die Betroffenen nutzen andere Personen aus, um an das eigene Ziel zu gelangen.
- Die Betroffenen haben ein übertriebenes Gefühl bezüglich ihrer eigenen Wichtigkeit.
- Die Betroffenen sind der Meinung, besonders und einzigartig zu sein. Zudem haben sie das Gefühl, nur von besonderen oder angesehenen Personen verstanden zu werden.

- Die Betroffenen erwarten stets von anderen eine übermäßige Bewunderung.
- Die Betroffenen erwarten eine bevorzugte Behandlung bzw. dass andere Personen automatisch auf ihre Erwartungen eingehen.
- Die Betroffenen empfinden oft Neid und/oder sind der Meinung, dass andere Menschen stets neidisch auf sie sind.

Viele Jahre lang wurde geglaubt, dass Menschen mit einer narzisstischen Persönlichkeitsstörung über ein gesteigerten Selbstwert verfügen. Neuste Studien haben jedoch gezeigt, dass die Betroffenen nur einen geringen Selbstwert besitzen. Durch die übertriebene Selbstdarstellung sollen die Selbstzweifel verschleiert werden.

Die Betroffenen leiden vielmehr an einer inneren Leere und versuchen diese durch die Anerkennung von anderen zu füllen. Mithilfe der Aufwertung der eigenen Person sowie der zeitgleichen Abwertung der anderen Menschen sollen die negativen Gefühle bewältigt werden.

4. Der schmale Grad zwischen Narzissmus und narzisstischer Persönlichkeitsstörung

Um Narzissten oder Menschen mit einer narzisstischen Persönlichkeitsstörung zu verstehen, muss als erstes grundlegend die Komplexität des Narzissmus verstanden werden. Sie konnten bisher schon einiges Wissenswertes zu dem Thema lesen. Lassen Sie uns darauf, zum besseren Verständnis, noch einmal genauer eingehen.

Es muss immer zwischen Narzissmus und einer narzisstischen Persönlichkeitsstörung unterschieden werden. Narzisstische Züge sind noch kein Beweis für eine Persönlichkeitsstörung. Die Narzissten an sich sind sehr ehrgeizig und entsprechend auch häufig in Führungspositionen zu finden.

Prägt sich der Narzissmus jedoch stärker aus und führt zu einem Leiden der Betroffenen bzw. seiner Umwelt, wird von einem krankhaften oder auch pathologischen Narzissmus gesprochen. Es kommt auf diese Weise zu einem fließenden Übergang von der Persönlichkeitseigenschaft in die Störung. Somit ist es also auch möglich, dass jeder Mensch an einer narzisstischen Persönlichkeitsstörung leiden kann.

Zum besseren Verständnis hier eine kleine Tabelle:

gesunder Narzissmus	narzisstische Persönlichkeitsstörung
stabiles Selbstwertgefühl	schwaches bis labiles Selbstwertgefühl
ausgeglichene Gefühlslage	instabile Gefühlslage, leicht kränkbar Je nach Typus auch unberechenbar und explosiv.
Gerechtigkeitsdenken	denkt nur an sich selbst und den eigenen Vorteil Je nach Typus richtet sich der Narzisst auch nach anderen oder praktiziert das Faustrecht.
Einfühlungsvermögen ist vorhanden	Mangel an Empathie Je nach Typus auch anpassungsbereit oder starkes Aggressionspotenzial.
ist innerlich gefestigt ohne das Vorhandensein von Allüren	Überzogene Egozentrik Je nach Typus schwankt es zwischen Unabhängigkeit und Selbstaufgabe oder es wird die Herrschaft oder Macht beansprucht.
Achtung vor anderen Menschen	nutzt andere Menschen aus Je nach Typus auch Abhängigkeit von anderen Menschen oder Denunzierung anderer.

die tiefe Gefühlswelt wird bewusst wahrgenommen	echte Gefühle fehlen Je nach Typus auch abhängig von dem, was andere denken oder ist sadistisch veranlagt.
besitzt Toleranz	nur die eigene Person und das eigene Urteil wird akzeptiert Je nach Typus erfolgt eine Ausrichtung nach anderen bzw. ist das eigene Urteil absolut.
Schutz von anderen Menschen	Entwertung anderer Menschen Je nach Typus erfolgt auch eine eigene Unterwerfung oder eine Misshandlung von anderen Menschen.
verzeiht	rachsüchtig Je nach Typus auch distanzierend und vergeltend.

5. Wie entsteht Narzissmus?

Beim krankhaften Narzissmus oder einer narzisstischen Persönlichkeitsstörung soll die gestörte Beziehung zur eigenen Persönlichkeit durch die ständige Bewunderung des sozialen Umfelds ausgeglichen werden. Wie Sie bisher lesen konnten, kann sich diese psychiatrische Störung durch zahlreiche Facetten und Verhaltensauffälligkeiten zeigen.

Für die meisten Psychologen sind die Ursachen in erster Linie in der frühen Kindheit oder in einem fehlerhaften Erziehungsstil zu finden. Der krankhafte oder pathologische Narzissmus hat demnach seinen Ursprung in der frühen Entwicklung sowie in der Beziehung zu den Eltern. Hier spielt vor allem die Mutter wieder eine entscheidende Rolle.

In den ersten Lebensjahren eines Kindes sind die familiären Verhältnisse für die psychische kindliche Entwicklung prägend. Krankhafte Narzissten oder Menschen mit einer narzisstischen Persönlichkeitsstörung haben demnach in der frühen Kindheit vonseiten der Eltern eine Einwirkung erfahren, die zu einer negativ beeinträchtigten oder einschränkenden Entwicklung des Selbstwertgefühles sowie der Individualität geführt hat. Infolgedessen haben die Kinder bestimmte Bedürfnisse unterdrücken müssen oder konnten diese in einer ungehemmten Weise ausleben, da von den Eltern keinerlei Grenzen aufgezeigt wurden.

Die Folgen zeigen sich dann im Erwachsenenalter: Narzissten sind demnach nicht dazu in der Lage, die eigenen Gefühle und Bedürfnisse intuitiv zu verstehen und entsprechend der Situation angemessen zu zeigen oder durchzusetzen.

In den meisten Fällen des narzisstischen Störungsbildes haben die Kinder in jungen Jahren jedoch zu wenig Beachtung oder Anerkennung durch die Mutter erfahren.

In diesem Zusammenhang sind vor allem die ersten Lebensmonate sehr prägend. Säuglinge kommen mit dem Bedürfnis auf die Welt, von der Mutter bedingungslos geliebt zu werden und die permanente körperliche Nähe zu spüren. Wenn dieses Grundbedürfnis jedoch nicht erfüllt oder an Forderungen geknüpft ist, beginnt das Kind sich an den Erwartungen der Mutter bzw. der Bezugsperson zu orientieren. Schließlich möchte das Kind, dass das eigene Grundbedürfnis befriedigt wird. Während dieser Orientierung kommt es jedoch bei dem Kind zu einer Verdrängung oder Abspaltung der eigenen Empfindungen.

Die weitere Entwicklung des Kindes ist dadurch gekennzeichnet, dass die mangelnde Zuwendung der Mutter durch die ständige Bestätigung der Außenwelt ersetzt wird. Das gleiche Phänomen kann auch bei Kindern beobachtet werden, die ständig von ihren Eltern kritisiert und gemaßregelt werden. Da sie keine Gelegenheit bekommen, sich entsprechend der eigenen Anlage entwickeln und erleben zu können, entwickeln diese Kinder oftmals eine narzisstische Persönlichkeitsstörung.

Aber nicht nur eine Vernachlässigung im Kindesalter kann zu einem gestörten Selbstbild führen. Auch ständige Verwöhnung und übertriebene Bewunderung vonseiten der Eltern fördern bei dem Kind eine spätere Entwicklung der narzisstischen Persönlichkeitsstörung.

So ist es beispielsweise zu beobachten, dass viele Personen, die unter dieser Störung leiden, bei einer überdominanten alleinerziehenden Mutter aufgewachsen sind. Aber auch problematische Beziehungen der Eltern, in denen die Kinder von einem Elternteil überbeansprucht werden, begünstigen die spätere Entwicklung der Persönlichkeitsstörung.

Kinder, die stetig mit übertriebener Liebe und Zuwendung überschüttet werden sowie von jeglichen Problemsituationen ferngehalten werden, können sich nicht normal entwickeln. Werden also Bewunderung und Bevorzugung zu wichtigen Faktoren in der Entwicklung, können die Kinder nicht lernen, mit Niederlagen in den unterschiedlichsten Lebensbereichen umzugehen und diese zu ertragen. Da diese Kinder als wichtigste Figur im Leben der Eltern fungieren, kann das Kind sein eigenes Verhalten nicht spiegeln, da die Unabhängigkeitsentwicklung durch die Eltern nicht gefördert wird. So erfährt es auch keine soziale Resonanz und kann so auch nicht lernen, sich in einer Situation respektvoll und angemessen zu verhalten. Somit fehlt auch im Erwachsenenalter der Respekt vor anderen Menschen. Vielmehr fühlen sich diese Menschen anderen überlegen.

Der deutsche Kinder- und Jugendpsychiater Michael Winterhoff hat herausgefunden, dass selbst das Bildungskonzept der freien Kitas und Schulen die

Entwicklung der Kinder nachhaltig schädigen und so die Entstehung von narzisstischen Persönlichkeitszügen begünstigen.[3]

6. Unterschätzte Gefahr: Weiblicher Narzissmus

Die weiblich-narzisstische Struktur ist eher weniger bekannt, aber dennoch erwähnenswert.

Dabei spielt sich dieser Narzissmus jedoch vorzugsweise im Verborgenen ab. Die betroffenen Frauen schwanken zwischen Minderwertigkeitskomplexen und Größenwahn. Sie leiden unter einem instabilen Selbstwertgefühl, das mit starken Schwankungen auf das Leben einwirkt. In einem Moment fühlen sich die Frauen, wie das schönste Geschöpf auf Erden, bis kurze Zeit später das Gefühl der vollkommenen Wertlosigkeit eintritt. Der weibliche Narzissmus ist geprägt davon, dass die Betroffenen in ständiger Sorge leben, dass jemand anderes besser oder schöner sein könnte als sie selbst. Zur Stabilisierung benötigen sie die ständige Bestätigung der Außenwelt.

Es gibt acht typische Anzeichen für den weiblichen Narzissmus.

3 Quelle: https://www.focus.de/familie/eltern/familie-heute/michael-winterhoff-im-interview-kinderpsychiater-es-waechst-eine-generation-unfreier-narzissten-heran_id_11620535.html

Extreme Lebensweisen

Es gibt im weiblichen Narzissmus nur zwei Lebensweisen: Entweder die Frau lebt in der völligen Abhängigkeit und nach dem Idealbild des Mannes oder sie bleibt autonom und lebt selbstständig. Durch das labile Selbstwertgefühl kann sie nicht beides für sich und ihre Persönlichkeit akzeptieren. Darüber hinaus gestattet sie es sich auch nicht, sie selbst zu sein, sondern ist der Meinung sich stets anpassen zu müssen.

Glaube an Perfektionismus

Anerkennung und Bewunderung setzt die narzisstische Frau nicht mit sich und ihrer Person gleich. Sie ist der Meinung dies nur von der Außenwelt zu erhalten, sofern sie auch über die benötigte Intelligenz, Schönheit, Leistungsfähigkeit oder andere Eigenschaften oder Fähigkeiten verfügt. Der Verlust der Bewunderung oder einer der wichtigen Fähigkeiten lässt das Selbstwertgefühl zusammenbrechen. Der weibliche Narzissmus ist deshalb auch von einem ständigen Drang nach Jugend, Leistungsfähigkeit und Schönheit bestimmt.

Ständige Schwankungen in der Selbsteinschätzung

Im weiblichen Narzissmus fühlen sich die Betroffenen stark und großartig oder schwach und hilflos. Abhängig ist dies von der Zufuhr der Bewunderung, die sie durch ihre Mitmenschen erfährt. Bei der ersehnten Bewunderungen stellt sich schnell ein gutes und fast euphorisches Glücksgefühl ein. Wird die narzisstische Frau jedoch nicht in der gewünschten Form beachtet, schwindet das Selbstwertgefühl und sie kann nur schwer ihre Gefühle kontrollieren. Sie ist somit auch nicht in der Lage, sich selbst in Bezug auf andere richtig einzuschätzen und ihren Wert misst sie daher nur an den Reaktionen der Außenwelt.

Pflege der Attraktivität

Trotz eines makellosen Aussehens lehnt sich die narzisstische Frau innerlich ab. Immer wieder findet sie Makel an sich selbst und empfindet sich selbst als nicht liebenswert und unattraktiv. Immer wieder versucht sie ihr Aussehen durch Mode, Kosmetik etc. zu optimieren – für sie wird ihr Körper aber einfach nie gut genug sein.

Verzerrte Körperwahrnehmung

Wenn der Körper dem eigenen Ideal entspricht, kann die narzisstische Frau diesen auch akzeptieren. Der kleinste Makel am Körper ist jedoch schuld an einem möglichen Misserfolg. So denkt sie beispielsweise, dass die Trennung vom Partner darauf beruht, weil sie in ihren Augen zu dick oder zu hässlich ist. Der Körper wird im weiblichen Narzissmus immer wieder für Misserfolge verantwortlich gemacht.

Die Sehnsucht nach Liebe und Anerkennung

Für die narzisstische Frau gibt es nichts Wichtigeres als geliebt und anerkannt zu werden. Geblendet von diesem Ziel gibt sie sich nahezu selbst auf. Ist das Ziel einmal erreicht, stellt sich ein kurzes Glücksgefühl ein. Nach kurzer Zeit braucht sie jedoch mehr davon.

Enorme Sensibilität

Narzisstische Frauen verfügen über eine hohe Sensibilität. Zu jeder Zeit möchten sie wissen, was andere von ihnen denken. Sie haben nur ein Ziel: Die Beste und die Schönste zu sein. Aus diesem Grund werden andere Frauen auch immer als Konkurrenz angesehen. Der weibliche Narzissmus führt dazu, dass die Betroffenen immer besser sein wollen als andere, um die geteilte Aufmerksamkeit auf sich zu ziehen. Nur auf diese Weise kann das Gefühl der Minderwertigkeit im Inneren behoben werden.

Im weiblichen Narzissmus passen sich die Betroffenen ihrem Umfeld voll und ganz an. Sie machen sich regelrecht abhängig von anderen Menschen und vernachlässigen und leugnen sogar die eigenen Wünsche und Bedürfnisse. Dabei verliert sich die narzisstische Frau selbst.

7. Die Unterschiede zwischen dem männlichen und weiblichen Narzissmus

Lassen Sie uns einen kurzen Blick auf die Unterschiede zwischen dem männlichen und weiblichen Narzissmus werfen, um die beiden Arten genauer zu verstehen.

Im männlichen Narzissmus wird vorzugsweise die Grandiosität betont, während der weibliche Narzissmus seine Wurzeln in Minderwertigkeit, Depression und Hilflosigkeit hat.

Darüber hinaus besticht der männliche Narzissmus durch den Kampf um Anerkennung und Autonomie. Im weiblichen Narzissmus wird die Anerkennung hingegen durch Überanpassung erreicht.

Beide Arten fokussieren das jeweilige Geschlechterbild, wobei dieses im weiblichen Narzissmus stärker ausgeprägt ist und entsprechend auch ausgelebt wird. Schwächen werden im männlichen Narzissmus durch Grandiosität kompensiert. Im weiblichen Narzissmus hingegen durch Überanpassung, Attraktivität und Leistung.

Der männliche Narzisst wirkt distanziert und verfügt über nur wenig bis gar keine Empathie. Weibliche Narzissten besitzen ein empathisches Mitgefühl, das so stark ausgeprägt ist, dass es manchmal zu einer Übernahme fremder Gefühle kommt.

Während sich der männliche Narzisst mit seinem eigenen Idealbild identifiziert, erfolgt im weiblichen Narzissmus die Identifikation durch das ideale Selbst des Partners.

Nicht selten wird im männlichen Narzissmus zudem eine Mutterfigur gesucht, während weibliche Narzissten auf der Suche nach beiden Elternfiguren sind und auf diese Weise auch den Halt im Partner suchen. Mitunter kommt es vor, dass weibliche Narzissten dazu neigen, den eigenen Partner zu bemuttern.

Während im männlichen Narzissmus eine offene Aggressivität, Auflehnung und Abwertung herrscht, findet sich im weiblichen Narzissmus die passive Form. Diese äußert sich häufig in Formen der Verweigerung.

Der männliche Narzisst begibt sich in den meisten Fällen in die Verfolgerposition, während der weibliche Narzisst die Opferposition einnimmt.

Der weibliche Narzissmus kommt jedoch nur sehr selten vor. Oftmals leiden Frauen an einer narzisstischen Persönlichkeitsstörung, die mit dem männlichen Narzissmus zu vergleichen ist.

8. Diagnose und Behandlung des Narzissmus

Der Narzisst an sich wird niemals der Meinung sein, dass etwas mit ihm nicht stimmt. Das eigene Verhalten und das daraus resultierende Verletzen anderer Menschen erscheint ihm vollkommen normal. Er kennt es einfach nicht anders. Vergessen Sie bitte nicht, der Narzisst hat es nicht anders gelernt.

Narzissmus ist auch nichts, das sich von heute auf morgen einstellt – es ist vielmehr ein schleichender Prozess. Aus diesem Grund ist auch die Behandlung der narzisstischen Persönlichkeitsstörung sehr schwer, da sich die meisten Narzissten nicht aus diesem Grund in ärztliche Behandlung begeben. Es liegt in der Natur dieser Persönlichkeitsstörung, dass einfach keine Krankheitseinsicht vorhanden ist. Deshalb bleibt der Narzissmus auch bei so vielen unentdeckt.

In vielen Fällen begeben sich Narzissten aufgrund einer komorbiden Störung in ärztliche Behandlung. Die komorbide Störung bezeichnet eine psychische Störung, die zeitgleich neben einer anderen, primären psychischen Störung auftritt. In den meisten Fällen tritt eine Störung frühzeitiger auf und entsprechend wird die folgende Störung als komorbid bezeichnet.

Zu dieser Zeit haben die Narzissten jedoch schon einen langen Leidensweg hinter sich. Isolation, fehlende Freundschaften und weitere Nachteile im alltäglichen Leben kompensieren Narzissten eine sehr lange Zeit auf eine beeindruckende Weise. Durch eine Krise oder den enormen Leidensdruck suchen sie sich dann jedoch Hilfe.

Depressionen, Borderline-Persönlichkeitsstörung oder Suchterkrankung sind häufig die Auslöser für die Inanspruchnahme ärztlicher Hilfe. Es gibt sehr viele Narzissten, die unter schweren Depressionen leiden, die mit Suizidgedanken enden. In der narzisstischen Persönlichkeitsstörung findet sich eine hohe Suizidrate von 14 Prozent.

Im Laufe der Behandlung werden die Narzissten dann vielleicht zum ersten Mal in ihrem Leben mit der Diagnose der narzisstischen Persönlichkeitsstörung konfrontiert.

9. Ist Narzissmus heilbar?

Die Chancen auf eine Heilung hängen stark vom Narzissten selbst ab. Durch seine Natur ist eine Behandlung aber oftmals nicht einfach. Auf Anraten einer anderen Person wird sich ein Narzisst niemals in eine Behandlung begeben. Allein dieser Vorschlag wird von ihm als Beleidigung angesehen.

Darüber hinaus fehlt oftmals ein entscheidender Faktor, der einen Narzissten dazu veranlasst sich in therapeutische Behandlung zu begeben: Der Leidensdruck. Menschen mit einer narzisstischen Persönlichkeitsstörung spüren diesen Druck nicht oder nur in einem geringen Ausmaß. In den Augen eines Narzissten bedarf nicht er therapeutische Hilfe, sondern, wenn überhaupt, die anderen.

Ein Narzisst wird sich nur in therapeutische Behandlung begeben, wenn sich seine persönliche Lebenssituation verschlechtert. Dies kann beispielsweise durch einen Schicksalsschlag (Tod oder Trennung einer nahestehenden Person, Kündigung oder finanzielle Ruin geschehen. Aber selbst bei einer freiwilligen Therapie sieht sich der Narzisst von inneren Widerständen und Zweifeln geplagt.

Der Entschluss eine Therapie zu machen, bedeutet jedoch noch lange keine Heilung. Denn die Behandlung einer narzisstischen Persönlichkeitsstörung ist gespickt mit weiteren Problemen.

Denn auch in einer Therapie kommen die typischen Charakteristika zum Vorschein. So werden die Therapeuten nicht selten arrogant und abwertend behandelt. Schließlich weiß der Narzisst alles besser und selbst ein Therapeut darf nicht über ihm stehen. Und schon gar nicht möchte der Narzisst vom Therapeuten bewertet oder kritisiert werden. Durch die Verdrängung des Abhängigkeitsbedürfnisses wird der Aufbau einer Therapie erschwert. Ein Therapeut hat einen langen Weg vor sich, wenn er einem Narzissten helfen möchte. Denn zuerst einmal muss der Therapeut vom Narzissten als behandelnder Arzt akzeptiert werden. Dabei läuft er nicht selten auch Gefahr, auf narzisstische Weise vereinnahmt oder manipuliert zu werden.

Zudem können Narzissten nur schwer zu Veränderungen motiviert werden, da sie das eigene Verhalten als angemessen betrachten.

Therapeut und Narzisst müssen sich erst einmal annähern. Ist diese erste Phase überwunden, warten die nächste Herausforderungen – vor allem auf den Therapeuten. Denn der Narzisst wird während der Therapie alles versuchen, um die eigenen Schwächen zu verbergen. Er wird sich selbst und dem Therapeuten nicht eingestehen, unter einer Persönlichkeitsstörung zu leiden – selbst wenn es ihm im Laufe der Behandlung bewusst werden sollte. Vielmehr wird der Narzisst im Gespräch mit dem Therapeuten versuchen Fehler und Schuldfragen auf seine Mitmenschen abzuwälzen. Der Therapeut wird während der Behandlung die vielseitigen Techniken des Narzissten kennenlernen, mit denen Angehörigen und nahestehende Personen bereits leidvolle Erfahrungen sammeln mussten.

KAPITEL 2

Der Treibstoff von Narzissten: Aufmerksamkeit und Kontrolle um jeden Preis

Lassen Sie uns in diesem Kapitel einen Blick auf die Voraussetzungen für den Narzissmus werfen. Wir könnten auch von den Lebensgrundlagen eines Narzissten sprechen, ohne die er nicht bestehen könnte. Allen voran natürlich die Aufmerksamkeit.

Im Umgang mit einem Narzissten wird man sehr schnell feststellen, dass dieser stets alles auf sich beziehen muss. Dazu gehören auch die entferntesten Sachverhalte oder Begebenheiten. Aufgrund der Persönlichkeitsstörung denkt der Narzisst, dass er immer und überall im Mittelpunkt stehen muss. Er kann sich einfach nicht vorstellen, dass es etwas gibt, dass nichts mit ihm zu tun hat. Somit steht auch alles, was in seinem Leben geschieht und was er wahrnimmt, in einer Beziehung zu ihm. Auch wenn dies für Außenstehende recht sonderbar erscheint. Aber warum ist das so?

Der Narzisst muss aus einem ganz einfachen Grund immer im Mittelpunkt stehen: Er benötigt die Bewunderung der anderen. Somit ist er unentwegt auf der Suche nach dem Zuspruch seiner Umwelt und ist entsprechend auch stets auf sein Umfeld fixiert. Es wird pausenlos geprüft, ob die Mitmenschen von ihm beeindruckt sind oder ob er sich auf irgendeine Weise hervortun kann.

Narzissten haben sehr sensible Antennen und eine hohe Eigenbezüglichkeit. So wird er bei jedem Thema und in jeder Situation etwas finden, das mit ihm zu tun hat. Dabei spielt es keine Rolle, ob es für die Außenstehenden noch so abwegig erscheint. Der Narzisst wird alles daransetzen, dass es sich um ihn dreht und er sich auf diese Weise großartig fühlen kann.

Diese übertriebene Selbstbezogenheit ist in Wahrheit jedoch nichts weiter als Angst: Der Narzisst hat Angst davor, nicht beachtet zu werden. Vielmehr noch – er fürchtet, bedeutungslos zu sein. Die Jagd nach der Anerkennung ist im Laufe des narzisstischen Lebens zu einer echten Sucht geworden. Und nicht selten geht diese auch mit einer überzogenen Dramatisierung von Belanglosigkeit einher. So sehen Narzissten beispielsweise Gefahren, wo keine zu erkennen sind oder wo noch nicht einmal ansatzweise ein Grund zur Beunruhigung besteht. Entsprechend sind

Narzissten auch Meister im Übertreiben von Sachverhalten oder falschen Darstellungen.

Was vermeintlich normal erscheint, ist für den Narzissten verdächtig oder skurril. Er wittert überall eine Katastrophe und nicht selten macht er sprichwörtlich aus der Fliege einen Elefanten. Unbedenkliches wird akribisch hinterfragt und hinter einer noch so bedeutungslosen Bemerkung vermutet der Narzisst eine böse Absicht.

Was sich im ersten Moment vielleicht ein wenig kurios anhört, wird nicht nur für die Narzissten, sondern auch für das nähere Umfeld zu einem enormen Problem. Denn mit der Zeit übernehmen diese Warnvorstellungen die Kontrolle über den Narzissten. Diese Vereinnahmung wird vor allem immer dann intensiver und kritischer, wenn der Narzisst in seinen skurrilen Theorien auch noch bestätigt wird. Mit einer außerordentlichen Gründlichkeit inspiziert er die verdächtigen Situationen und die nahenden Gefahren. Entsprechend findet er auch genügend Gründe für das übertriebene Misstrauen und die eigenen Hirngespinste. Für ihn ist und bleibt seine Sichtweise die Wahrheit.

Und somit wird im Laufe der Jahre die Wahrnehmung der Narzissten zu einem Wahnsystem. Er erschafft seine eigene Welt. Und in dieser Welt scheint alles auf präzise und logische Weise aufeinander abgestimmt zu sein. Deshalb kann die gestörte Wahrnehmung von Außenstehenden auch oftmals nicht direkt erkannt werden. Denn selbst für mögliche Zweifel hat der Narzisst immer die passende Erklärung parat. Es folgen schlüssige und überzeugende Argumente, gepaart mit einer Begeisterung in Bezug auf die eigenen Ideen und Vorstellungen. Und somit wickelt der Narzisst selbst den schärfsten Kritiker ein, wie eine Spinne ihre Beute. Narzissten gehen sehr akribisch vor und so haben seine Mitmenschen nicht selten das Gefühl den Verstand zu verlieren.

Narzissten sind Meister der Manipulation. Sie bringen Beweise für die sonderbarsten Annahmen, da sie von der eigenen Vision überzeugt sind. Durch ihre Art schaffen sie es, sogar Fakten, Tatsachen und Gegendarstellungen aus dem Weg zu räumen. Den Argumenten eines Narzissten ist nur schwer etwas entgegenzubringen. So glauben die meisten Menschen im Umgang mit einem Narzissten, sich bisher geirrt oder etwas übersehen zu haben, sofern sie vorher einer anderen Meinung waren. Und sie beginnen sich mit der grotesken Wirklichkeit des Narzissten zu identifizieren.

Das vielleicht vorhandene Misstrauen gegenüber der Darstellung des Narzissten wird jedoch nicht diesem zugeschrieben. Vielmehr bringen die Mitmenschen Selbstzweifel damit in Verbindung. Da der Narzisst das Bild seiner Wirklichkeit notfalls auch mit Demütigungen, Beleidigungen oder Gewalt verteidigt, wird dieses nicht mehr hinterfragt. Entsprechend wird das Weltbild des Narzissten akzeptiert, um weitere Ausschreitungen zu verhindern.

1. Die narzisstische Motivation

Dem wahnähnlichen Verhalten des Narzissten liegt ein großes Grundproblem zugrunde, das zugleich auch seine Motivation für seine Manipulation ist: Die emotionale Isolierung.

In diese Isolierung hat sich der Narzisst verrannt. Er ist zugleich unfähig, sich zwischenmenschlich auf andere Personen einzulassen, um sich geborgen zu fühlen. Eigentlich wünscht sich der Narzisst Nähe, Kontakt und Zärtlichkeit. Er ist aber nicht in der Lage, sich fallen zu lassen. Denn in jeder Situation muss er die Kontrolle behalten und entwickelt entsprechend auch ein überhöhtes Misstrauen gegenüber allen Äußerungen und Umständen.

Seelische Schmerzen sollen auf jeden Fall aus narzisstischer Sicht vermieden werden. Aus diesem Grund werden erprobte Lebenstechniken entwickelt, die den Narzissten vor zu viel Nähe schützen. Entsprechend wirkt er auf andere immer distanziert, sachlich, stark und überlegen. Er möchte durch nichts und niemanden aus dem Gleichgewicht gebracht werden. Um sich vor unangenehmen Einflüssen zu schützen, wirkt er arrogant und unnahbar. Sollten diese subtilen Schutzvorkehrungen nicht ausreichen, greift der Narzisst zu anderen Waffen. So nutzt er beispielsweise Aggressionen, um seinen Mitmenschen direkt vor den Kopf zu stoßen und sie wieder auf Abstand zu halten.

Die Manipulation und Abwertung der Opfer durch den Narzissten erfolgt zum Selbstschutz, um die eigenen Ziele zu erreichen oder um sich schlichtweg besser zu fühlen. Die Motivation der Narzissten ist für Menschen, die normal denken und fühlen, oft nicht leicht nachzuvollziehen. Dafür ist es umso wichtiger sich mit den verschiedensten Manipulationstechniken auseinanderzusetzen, die ein Narzisst nutzt.

2. Der Narzisst und seine Facetten der Manipulation

Im Bereich der Manipulation sind Narzissten oftmals sehr kreativ. So haben sie nicht selten für jede Situation eine Technik, die sie entsprechend auch geschickt einsetzen. Der Narzisst ist jedoch auch ein Meister darin, seine Taktik innerhalb von Sekunden zu ändern und entsprechend der Situation anzupassen. Flexibilität und Geschick kennzeichnen den Narzissten in seiner Anwendung der Techniken. Und dabei muss er die Techniken nicht einmal erlernen – er greift vielmehr intuitiv auf diese zurück.

Sanft und liebevoll

Bei dieser Technik spielt der Narzisst voll seinen Charme aus. Er überzeugt durch sachliche Argumente und setzt seine guten Manieren ein. Wenn es nötig ist, legt er auch ein verführerisches Verhalten an den Tag. Er ist rhetorisch geschickt und fair. Dennoch können in dieser Technik auch ein hartnäckiges Verhandeln und Diskutieren beobachtet werden. Der Narzisst setzt in diesem Fall nur auf eine leichte Manipulation und seine Kritik versteckt er gut. Unwahrheiten oder Gerüchte werden in eine überzeugend klingende Hülle verpackt. Und auch mit Lob und Komplimenten geizt der Narzisst bei dieser Variante nicht.

Sehr häufig kann diese Technik beispielsweise zu Beginn von Beziehungen beobachtet werden. Die Narzissten sind oberflächlich betrachtet die perfekten Charmeure und überhäufen den Partner mit Liebe, bevor sie wahres Gesicht zeigen und den Selbstwert ihrer Opfer zerstören.

Leidvoll und hilfesuchend

Bei dieser Variante bitten und notfalls betteln die Narzissten auch. Sie fordern von ihren Mitmenschen Verständnis und Loyalität. Nicht selten appellieren sie auch an das eigene Gewissen. Sie spielen Krankheiten oder Schicksalsschläge vor und erzeugen so bei ihrem Gegenüber Mitleid. Sie schluchzen und weinen, um an ihr Ziel zu kommen. Manche Narzissten sind auch beleidigt, um ihrem Gegenüber ein schlechtes Gewissen einreden zu wollen. Diese Technik wenden Narzissten häufig an, wenn sie nicht auf gewohnte Weise an ihr Ziel kommen.

Laut sein und schreien

Eine weitere Möglichkeit der Manipulation ist die laute Variante. Hierbei fluchen, schreien und brüllen die Narzissten. Nicht selten kommt es zu einem regelrechten Wutausbruch. Sie sind ungeduldig und gereizt. Aber auch auf aggressive, panische, hitzige und kreischende Weise können sie versuchen, an ihr Ziel zu kommen. Diese lautere Technik kommt vor allem zum Einsatz, wenn sich der Narzisst in die Ecke gedrängt fühlt.

Einschüchtern und drohen

Hat es für den Narzissten den Anschein als würde er die Kontrolle oder die ihm zustehende Aufmerksamkeit verlieren, nutzt er nicht selten die härtere Variante. Neben der noch harmlosen gegenüber seiner Opfer setzt er in diesem Fall auch auf Drohungen, Einschüchterungen, emotionale Erpressung, Beleidigungen, Verachtung, Zynismus, Ausgrenzung, Ironie, Lügen, Spott, Intrigen, Entwertung, Geringschätzung und Herabsetzung.

Er macht seinem Gegenüber Vorwürfe und stellt die Glaubwürdigkeit des anderen infrage. Dabei schreckt der Narzisst auch nicht davor zurück, sein Opfer vor anderen schlecht zu machen oder es anzuprangern. Die Schuld wird rigoros zurückgewiesen und geleugnet. Manche Narzissten strafen ihre Opfer auch mit sturem Schweigen oder einer Nichtbeachtung. Grundsätzlich wird der

Narzisst bei dieser Technik verbal alles verdrehen, was ihm schaden könnte.

Mobbing

Eine weitere Variante der Narzissten, um die Opfer abzuwerten, ist das Mobbing. Häufig kann dies im beruflichen Umfeld eines Narzissten beobachtet werden. Meist wenn er befürchten muss, dass seine Stellung oder Position durch einen anderen gefährdet ist. In diesem Fall kritisiert er ständig und schreckt auch vor Verleumdungen und Unterstellungen nicht zurück. Es kommt zu Schikanen und seelischen Verletzungen. Um an sein Ziel zu kommen, schreckt der Narzisst auch nicht davor zurück, Gerüchte in die Welt zu setzen. Seine Geringschätzung signalisiert er auch gerne mal durch seine Mimik.

Es gibt noch eine Steigerung der bereits erwähnten Techniken und Manipulationen. In dieser wird der Narzisst zum Stalker und sinnt in erster Linie auf Rache oder Bestrafung. Seelische Gewalt und Unterdrückung kommen hier ebenso zum Einsatz wie Sadismus. Dieser gefährlichen Variante muss eine starke Verletzung des Narzissten durch einen anderen Menschen vorausgegangen sein. So rächen sich Narzissten beispielsweise in dieser Form an Partnern, die es gewagt haben, sie zu verlassen.

Um eine Manipulation oder Destabilisierung zu erreichen, nutzen Narzissten diese genannten Techniken.

Sie täuschen Tatsachen vor, argumentieren mit falschen Fakten, bauen Zeitdruck auf, blockieren und weichen bewusst aus, verweigern Erklärungen und reden ihrem Gegenüber ein schlechtes Gewissen ein.

Opfer, die einmal von einem Narzissten vereinnahmt wurden, merken lange Zeit nichts von dieser Beeinflussung. Das liegt unter anderem daran, dass die Narzissten über einen sehr langen Zeitraum den Anstand wahren und sich sehr gut unter Kontrolle haben. Werden sie jedoch angegriffen, werden sie emotional. Das Gleiche gilt auch, sofern ihre weicheren Methoden nicht mehr den gewünschten Erfolg bringen. In diesen Fällen reagieren sie kaltherzig und gemein. Dabei gehen sie jedoch meist sehr perfide vor, sodass das Umfeld von den Schikanen gegenüber dem Opfer nichts mitbekommt. Auf diese Weise vermeidet der Narzisst, dass sich seine Umgebung gegen ihn stellt. Er verdreht die Tatsachen und Ereignisse so geschickt, dass am Ende sein Opfer die Schuld für alles trägt.

Narzissten setzen ihre Techniken immer wohldosiert ein, damit die wahre Absicht unentdeckt bleibt und sie keine Spuren hinterlassen. Für die Opfer können die Folgen jedoch anhaltend und gravierend sein. So kann es unter anderem zu einer posttraumatischen Belastungsstörung kommen. Die meist psychische Gewalt, die von einem Narzissten ausgeht, bleibt lange unentdeckt.

Der Narzisst erscheint nach außen als nahezu perfekt – der perfekte Partner oder die perfekte Mutter. Nicht selten wird dem Opfer eingeredet, dass es selbst an den gegebenen Umständen schuld ist. Durch diese Gehirnwäsche der Opfer können sich diese nur schwer aus der toxischen Beziehung befreien. Daher ist es wichtig, sich mit den Techniken der Narzissten auseinanderzusetzen und diese zu erkennen.

3. Aggressionen im Narzissmus

Der Narzisst an sich hat große Probleme damit seine Aggressionen und Affekte unter Kontrolle zu halten. Dies lässt sich auf die Kindheit zurückführen, in der der Zwang bestand, die eigenen Gefühle zu verdrängen. Zudem konnten Personen mit einer narzisstischen Persönlichkeitsstörung auch nie lernen mit den eigenen Gefühlen richtig umzugehen. Aus diesen Gründen sind spontane Gefühlsregungen nur selten bei Narzissten zu beobachten – schließlich würden sie in diesem Fall Gefahr laufen, die Kontrolle über sich zu verlieren. Mit der Zeit schafft es der Narzisst aber nicht immer, seine Emotionen unter Kontrolle zu haben. Übermächtige Gefühle dringen dann an die Oberfläche, die einfach nicht länger unterdrückt werden können.

Um das aggressive Verhalten und die damit verbundene emotionale Zerstörungswut eines Narzissten gegenüber seiner Opfer zu verstehen, müssen wir einen Blick in die Vergangenheit des Narzissten werfen.

In dieser war er regelrecht gezwungen, negative Gefühle, wie Wut oder auch Hass, zu unterdrücken. Tat er das nicht, drohten ihm Konsequenzen. Die eigenen Gefühle gegenüber den Eltern durfte der Narzisst beispielsweise nicht äußern, da ihm sonst die Liebe oder Zuwendung entzogen worden wäre.

Denken Sie kurz zurück an das erste Kapitel, als wir davon sprachen, dass Kinder mit dem Grundbedürfnis auf die Welt kommen, von der Mutter geliebt zu werden. Auch der Narzisst kam mit diesem Bedürfnis auf die Welt. Die Konstellationen seiner Kindheit waren aber nicht optimal. Er bekam die benötigte Liebe und Zuwendung nicht bedingungslos, sondern nur in Gegenleistung eines entsprechenden Verhaltens, das ihn geprägt hat. Der Narzisst hatte also niemals die Möglichkeit zu lernen, wie er mit seinen Gefühlen richtig umgehen soll. Irgendwann hat das Kind dann für sich entschieden, dass es nicht passend ist, Gefühle offen zu zeigen.

Die Unterdrückung der eigenen Gefühle führte dazu, dass der Narzisst keine Beziehung zu den eigenen Emotionen und seinem inneren Selbst aufbauen konnte. Vielmehr musste er Teile seiner Persönlichkeit abspalten. Das wiederum führte zu dem gestörten Verhältnis zu seinem Selbst. Im Umgang mit den eigenen Gefühlsregungen sind

Personen mit einer narzisstischen Persönlichkeitsstörung infolgedessen sehr unbeholfen und legen ein widersprüchliches Verhalten an den Tag. Das lässt sich beispielsweise sehr gut daran erkennen, dass der Narzisst innerhalb von Sekunden seine Emotionen von liebevoll in aggressiv ändern kann – ohne einen ersichtlichen Grund für Außenstehende.

Die Natur des Narzissten erlaubt es ihm eigentlich nicht, seine Wut zuzulassen. Denn tief in seinem Inneren hat er Angst davor, etwas Verbotenes zu machen oder unangenehme Gegenreaktionen hervorzurufen. Im Laufe seines Lebens hat er gelernt, dass Gefühle durchaus gefährlich werden können und es besser ist diese zu beherrschen.

Dauert die Unterdrückung der Gefühle jedoch zu lange oder hat sich schon immens viel Wut angestaut, brechen die Aggressionen einfach aus ihm heraus. In diesem Moment kann sich der Narzisst nicht mehr beherrschen und er reagiert unverhältnismäßig. Ein geringer oder gar unbedeutender Anlass wird in diesem Fall für den Narzissten zu einer Katastrophe, auf die er reagieren muss. Er erkennt jedoch nicht, dass seine Reaktion entsprechend des Anlasses unverhältnismäßig war und spielt so seine Wut im Nachhinein herunter – mitunter geschieht dies auch aus Scham.

Aufgrund der andauernden Unterdrückung der Gefühle kann sich der Narzisst zuweilen auch stark selbst überfordern. Denn er drosselt seine Affekte und zugleich kostet das Unterdrücken der Gefühle auch enorm viel Energie. So stauen sich die negativen Emotionen im Unbewussten an. Damit diese Ladung an negativen Gefühlen nicht an die Oberfläche dringt, muss der Narzisst mehr Kontrolle aufwenden. Nur auf diese Weise kann er verhindern, dass die, seiner Meinung nach, peinlichen Gefühle dortbleiben, wo sie sind.

Wie Narzissten versteckt ihre Aggressionen ausleben

Personen mit einer narzisstischen Persönlichkeitsstörung wissen natürlich, dass sie die negativen Gefühle nicht endlos unterdrücken können. Aus diesem Grund suchen sie sich Situationen, in denen sie diese ausleben können, ohne dass die negativen Gefühle als Aggressionen von der Außenwelt gedeutet werden.

Ein sehr passendes Beispiel hierfür ist der strenge Erziehungsstil. Dieser wird damit argumentiert, dass der Narzisst nur das Beste für das Kind will. Aber auch das ständige Korrigieren des Partners, selbst bei den kleinsten Fehlern, oder ausgiebiges Lästern können ein verstecktes Ausleben der Aggressionen eines Narzissten darstellen.

Die narzisstische Persönlichkeitsstörung lässt die Betroffenen sehr kreativ werden, wenn es darum geht die eigenen Aggressionen zu bewältigen. So sind beispielsweise auch das Anprangern und Angehen von unhaltbaren Zuständen eine Möglichkeit. Verhält sich ein Mensch in den Augen eines Narzissten nicht entsprechend einer Richtlinie, Gesetzeslage, Vereinbarung oder wird gegen die Sitten verstoßen, geht der Narzisst direkt und kompromisslos dagegen vor.

Gegen inakzeptable Zustände kann sich ein Narzisst geradezu fanatisch wehren. Er wird solange suchen, bis er etwas gefunden hat, worüber er sich aufregen kann. Schließlich ist er eigentlich auf der Suche nach einem Ventil für seine Aggressionen.

Ein aggressives Verhalten kann sich zudem auch hinter übermäßiger Korrektheit verbergen. Bei einigen Narzissten wandelt sich die Wut in Sadismus. So ist dies beispielsweise bei narzisstischen Eltern zu beobachten, die von ihren Kindern absolute Pünktlichkeit erwarten und selbst dann hart bestrafen, wenn sich das Kind nur um einige Sekunden (!) verspätet.

Hier ein Ausschnitt aus den Erfahrungen einer weiteren betroffenen Person:

»*Meine Mutter ist wahrlich sadistisch veranlagt. So übte sie mir gegenüber nicht nur körperliche, sondern ebenso emotionale Gewalt aus. Das war aber noch längst nicht alles. Eines Tages etwa gestattete sie einem Freund, mir den Hintern zu versohlen. Der hat sich dann nicht zweimal bitten lassen. Er hat so fest zugeschlagen, bis zum Schluss meine Beine sowie mein Po blau waren. Das war so schlimm, dass ich anschließend beim Schulsport nicht mehr mitmachen durfte. Meiner Mutter war natürlich klar, dass dies sofort auffallen würde und hat mich deshalb vom Schulsport befreit. Aber auch meine Mutter hat mir gegenüber regelmäßig Gewalt ausgeübt. Gerne hat sie hierzu einen Holzlöffel benutzt und mit diesem solange auf mich eingeschlagen, bis der Holzlöffel schließlich hinüber war. Eine weitere Situation trug sich auf der Toilette zu. Meine Mutter kam ungefragt in die Toilette, auf welcher ich bereits saß und pinkelte mich an. Sie war der Meinung, dass ich nicht schnell genug von der Toilette aufgesprungen bin.*«

Selbst durch ein pedantes Verhalten ist es Narzissten möglich die inneren Aggressionen zu bewältigen. So wie ein Polizist, der sich strikt an die Gesetze hält und die Motive der Menschen nicht hinterfragt. Durch das scheinbar korrekte Verhalten tarnt der Narzisst in diesem Fall sich und seine Vorgehensweise. In seinen Augen handelt der

Narzisst richtig - es sind schließlich die anderen, die sich nicht korrekt verhalten.

Das Ausleben der eigenen Aggressionen kann sich zudem dadurch zeigen, dass der Narzisst nahezu höhnisch über Missgeschicke anderer lacht und sich darüber lustig macht. Ein solches Verhalten wirkt auf die Außenstehenden oftmals nicht nur unangemessen, sondern führt auch zu einer Demütigung der betroffenen Person. Dem Narzissten ist dies aber vollkommen egal. Denn genau diese Situation kann er hervorragend nutzen, um die angestauten Gefühle herauszulassen.

Nicht selten lassen sich Narzissten auch in Führungspositionen finden. Hier können sie ganz offen ihre Aggressionen ausleben, ohne Beschränkungen oder Bestrafungen befürchten zu müssen.

Der Narzisst kennt jedoch noch weitere Möglichkeiten, um sich ein Ventil für die angestauten Gefühle im Inneren zu schaffen. Dazu gehören:

- Trödeln
- Unentschlossenheit
- Vergesslichkeit
- Unpünktlichkeit
- Schweigen

- Nörgeln
- Ungeschicklichkeit

Während der Narzisst so von seinen Gefühlen befreit wird, werden seine Mitmenschen durch diese passive Form der Aggressionen nahezu in den Wahnsinn getrieben. Da er nicht offen aggressiv ist, kann ihm auch nichts vorgeworfen werden. Für den Narzissten ist dies zudem die perfekte Möglichkeit, um seine Mitmenschen zu reizen.

Die Unterdrückung der Aggressionen, die meist schon über Jahre stattfindet, kann bei einem Narzissten auch in der Körpersprache erkannt werden. Die innere Zerrissenheit, die auf der einen Seite durch die emotionalen Impulse und auf der anderen Seite durch den Zwang der Unterdrückung entsteht, lassen sich durch eine ungleichmäßige Motorik erkennen.

Gegen die starke innere Unruhe will der Narzisst angehen und diese beherrschen. So lassen sich in der Mimik und Körpersprache abrupte, schiefe, gekünstelte oder auch verkrampfte Bewegungen erkennen. Der Narzisst ist nicht in der Lage, gleichmäßige und harmonische Bewegungen zu vollziehen.

Im Inneren eines Narzissten findet immer ein Konflikt statt: Er möchte aggressiv sein, erlaubt es sich aber selbst nicht. Dieser Konflikt führt zu einem inneren

Spannungsverhältnis. Die unbedingte Kontrolle steht dem Sich-gehen-lassen gegenüber.

Sofern der Narzisst die Spannung aber nicht mehr aushalten kann, bricht das Unterdrückte durch. Es kommt zu Jähzorn, Hysterie oder im schlimmsten Fall sogar zu einem regelrechten Vernichtungsfeldzug gegen seine Opfer. Der Narzisst wird von seinen Gefühlen regelrecht übermannt und verliert jegliche Kontrolle über sich selbst.

So kann es durch den Stau von Affekten auch zu Weinkrämpfen kommen. Er zeigt eine ungewohnte Sentimentalität. Wenn sich der Narzisst dann jedoch wieder beruhigt und sich seines Kontrollverlustes bewusstwird, entwickelt er enorme Schamgefühle. Für ihn ist es in diesem Moment vollkommen unverständlich, wie er sich hat so gehen lassen können. In diesem Moment der Erkenntnis entwickelt der Narzisst eine unheimliche Wut auf sich selbst und so stauen sich erneute Aggressionen an.

Die Natur des Narzissten verbietet es ihm, seine Gefühle zuzulassen. Aus diesem Grund sucht er andere Mittel und Wege, mit denen er seine Aggressionen ausleben kann. Für die Außenwelt will er jedoch kein gemeiner, boshafter, gewalttätiger oder gar sadistischer Mensch sein. Deshalb sucht er gesellschaftsfähige Möglichkeiten, mit denen er nach außen seine Anständigkeit präsentieren kann. In Wirklichkeit will er jedoch nur seine Wut und Aggression ausleben.

4. Suchterkrankungen im Narzissmus

Seit über zehn Jahren werden verschiedene Studien durchgeführt, die sich mit dem Zusammenhang von Suchterkrankungen und der narzisstischen Persönlichkeitsstörung befassen. So unter anderem auch Marc Walter, Chefarzt und stellvertretender Klinikdirektor der Universitären Psychiatrischen Kliniken in Basel.

Walter schreibt in seinem Buch »*Persönlichkeitsstörungen und Sucht*«, dass manifeste Abhängigkeitserkrankungen meist chronisch verlaufen. Zu Beginn des Substanzkonsums steht die Bedeutung des Rauschzustandes sowie die Effekte der psychotropen Substanz im Vordergrund. So werden Substanzen auch häufig zur Selbstmedikation eingesetzt. Jedoch unterscheidet Walter den Konsum entsprechend der unterschiedlichen Schweregrade des Narzissmus.

So beginnen Menschen mit einer narzisstischen Persönlichkeitsstörung schon früh mit exzessivem Substanzgebrauch. Neben Alkohol und Cannabis greifen diese Personen auch häufig zu härteren Drogen wie Heroin oder Kokain. Durch den Rauschzustand könnten aggressive und selbstdestruktive Affekte ohne eine Beziehung zu anderen zum Ausdruck gebracht werden. Während des Rauschzustandes kann die Entwertung gegenüber anderer bzw. der Gesellschaft zur Stabilisierung des eigenen Selbst führen. Zudem wird eine intensive

Beziehung zur psychotropen Substanz aufgebaut. Das führt dazu, dass diese Substanz, aufgrund der Wirkung, zu einem idealisierten und destruktiven Objekt wird. Die Substanz verschmilzt mit dem Selbst und es wird eine ideale Objektbeziehung aufgebaut, mit der alle Bedürfnisse befriedigt werden können. Im Rauschzustand können die Narzissten demnach ein Leben ganz ohne Angst, Abhängigkeit und Neid führen.

Marc Walter erwähnt in seinem Buch auch, dass Patienten mit einer narzisstischen Persönlichkeitsstörung aufgrund der genannten Tatsachen ein erhöhtes Risiko der Entwicklung einer Abhängigkeitserkrankung aufweisen.

Während dieser Erkrankung kommt es zu einer neurobiologischen Veränderung der Hirnstruktur, da die psychotrope Substanz kontinuierlich und langjährig konsumiert wird. Aufgrund der pathologischen Veränderungen der neuronalen Strukturen kann sich der impulsive Substanzkonsum in einen kompulsiven entwickeln. So wird unter anderem die Kontroll- und Entscheidungsfindungsfähigkeit im Hinblick auf den erneuten Substanzkonsum beeinträchtigt. Die Substanz wird dann zu einem wichtigen Lebensmittelpunkt.

Eine Abhängigkeitserkrankung kennzeichnet sich zudem durch weitere psychosoziale Merkmale wie mangelnde Frustrationsgrenze, Impulsivität, antisoziale Lebensstile und Unzuverlässigkeit. Durch die somatischen und sozialen Folgen der Abhängigkeitserkrankung kann sich auch die narzisstische Pathologie verstärken. Es kommt regelrecht zu einer Vermischung der Suchtphänomene und der narzisstischen Pathologie. Auf diese Weise entsteht eine Spannung zwischen der Realitätsprüfung und dem Ich-Ideal. Durch diese Spannung wird die narzisstische Abwehr weiter ausgebaut, damit das Selbst-System des Narzissten stabilisiert werden kann. Die konsumierte Substanz wird in diesem Zusammenhang wieder mit Versagen und Verleugnung sowie der Verleugnung von Trennung, böser Objekte und schmerzhafter Erinnerung in Verbindung gebracht. Durch die Vernichtung von destruktiven Impulsen wird auch der Selbstanteil weiter zerstört. Die Abwärtsspirale der Abhängigkeit nimmt also ihren Lauf.

Somit kann also gesagt werden, dass der Narzissmus im engen Zusammenhang mit Suchterkrankungen steht. Der Narzisst beginnt mit dem Konsum zur Selbstmedikation, um sich in Krisensituationen selbst stabilisieren zu können. Aber auch um eine Affektüberflutung zu verhindern, wird eine entsprechende psychotrope Substanz konsumiert. Im letzteren Fall entsteht durch den Konsum eine idealisierende und destruktive Beziehung zur Substanz. Jede Abhängigkeitsveränderung geht mit einer strukturellen Veränderung des Gehirns einher, sodass die klinischen Suchtphänomene die narzisstische Pathologie überlagern. Durch eine bestehende Suchterkrankung kann demnach die Diagnostik einer narzisstischen Persönlichkeitsstörung erschwert werden.

5. Der Narzisst und sein charakteristisches Opfer

Der emotionale Missbrauch durch einen Narzissten kann bei den Opfern tiefe Wunden und Narben hinterlassen. Und nicht selten haben die Betroffenen, selbst nach einer Trennung vom Narzissten, noch lange Zeit mit den Folgen zu kämpfen. Der Psychologe Dr. Craig Malkin beschreibt in seinem Buch »*Rethinking Narcissism*« den Begriff des Echoismus. Erstmals erwähnt wurde der Begriff hingegen vom Psychoanalytiker Dean Davis.

Echoisten sind sehr mitfühlende, sensible und einfühlsame Menschen. Sie stellen ihre eigenen Wünsche hinter die anderer Personen. Unter dem Echoismus wird demnach ein psychischer Zustand verstanden, in dem sich Menschen in Beziehung zu toxischen Menschen befinden.

So nehmen die Echoisten auch die Gefühle und Bedürfnisse von narzisstischen Personen auf, da es für sie selbst problematisch ist, eine eigene Stimme zu haben. Vielmehr leben sie in einer ständigen Angst und verlieren nicht selten auch das eigene Selbstvertrauen und -bewusstsein. Statt sich um sich selbst zu kümmern und auf sich zu achten, tauchen die Echoisten immer mehr in die überhebliche, gefühlskalte und ausbeuterische Welt der Narzissten ein.

Hochsensible Menschen sind deshalb auch der charakteristische Opfertyp eines Narzissten. Die französische Psychotherapeutin Christel Petitcollin geht sogar davon aus, dass zwischen diesen beiden Personengruppen eine hohe Komplementarität besteht. In ihrem Buch »*Ich denke zu viel: Wie wir das Chaos im Kopf bändigen können.*« beschreibt sie beide als weißes und schwarzes Puzzlestück, die sich auf toxische Weise ergänzen. Während der Echoist versucht dem Narzissten zu gefallen und ihm alles recht zu machen, will der Narzisst sein Opfer mental zu zerstören, um sich besser zu fühlen. Denn eigentlich hassen Narzissten sensible Menschen. Schließlich sind diese das exakte Gegenstück: Sie wollen allen Menschen Gutes, lieben ihre Mitmenschen und begegnen diesen vertrauensvoll und fröhlich.

In der Beziehung mit dem sensiblen Menschen geht es dem Narzissten darum, seinem Opfer das Leben zu stehlen und dessen Werte mit Füßen zu treten. Durch die anhaltende Beziehung zum Narzissten wandeln sich die sensiblen Menschen zu Echoisten. Die Therapeutin Donna Christina Savery ist zudem der Frage nachgegangen, ob Frauen eher gefährdet sind, Echoisten zu werden. So geht die Therapeutin davon aus, dass sich Frauen oftmals unbewusst einen narzisstischen Partner suchen und so innerhalb der Beziehung die Echo-Rolle einnehmen. Dies kann jedoch schwere Folgen wie Angststörungen und Depressionen mit sich bringen.

Da Kinder eine sensible Natur besitzen, ist die Gefahr enorm groß langanhaltende, mentale und psychische Verletzungen aus der Beziehung eines narzisstischen Elternteils davonzutragen.

KAPITEL 3

Die narzisstische Mutter

Nachdem wir auf den vergangenen Seiten intensiv den Narzissmus im Allgemeinen mit all seinen leidvollen Facetten beleuchtet haben, lassen Sie uns nun die narzisstische Mutter ein wenig genauer betrachten.

Welche Erinnerungen haben Sie an Ihre Kindheit? Sind Sie in einer liebevollen und fürsorglichen Umgebung aufgewachsen, in der Sie sich entfalten und zu einer starken Persönlichkeit heranwachsen konnten? Oder mussten Sie vielmehr das tun, was Ihre Mutter von Ihnen verlangt hat, um ein wenig Liebe und Anerkennung von ihr zu erhalten?

Kinder, die mit einer narzisstischen Mutter aufgewachsen sind, nehmen diesen Zustand erst einmal als »*normal*« hin. Sie kennen es nicht anders. Es ist ihnen nicht bewusst, dass die eigene Mutter nicht so ist wie andere Mütter. Es wird alles getan, um die Liebe und Anerkennung zu gewinnen.

Während die Mutter das Kind nur als Trophäe sieht, um das eigene Selbstbewusstsein zu stärken, wird dem Kind die Möglichkeit genommen, sich zu einem eigenständigen Wesen mit eigenen Bedürfnissen zu entwickeln.

1. Was stimmt mit meiner Mutter nicht?

Im Laufe des Heranwachsens wird den Kindern vielleicht bewusst, dass sich die eigene Mutter anders verhält. Die Mütter der Freunde oder Mitschüler behandeln ihre Kinder ganz anders, als man es vom eigenen Zuhause gewohnt ist. Vielleicht erging es Ihnen ebenso.

Erst während des Erwachsenwerdens wird den meisten Betroffenen des emotionalen Missbrauchs bewusst, dass in der eigenen Kindheit etwas schiefgelaufen ist. Genau benennen können sie es aber nicht.

Männer und Frauen, die mit einer narzisstischen Mutter aufgewachsen sind, beschreiben ihre Kindheit sehr häufig als »*komisch*«. Es gab keine liebevolle Umarmung oder andere Zärtlichkeiten, die vonseiten der Mutter ausgingen. Die kindliche Seele ist durch den jahrelangen emotionalen Missbrauch so stark belastet, dass die Auswirkungen und Wunden auch noch Jahre später spürbar und wahrnehmbar sind.

Je mehr sich die Betroffenen mit der eigenen Kindheit auseinandersetzen, umso mehr fatale und fragwürdige Situationen kommen ans Licht, die vielleicht die Vermutung zulassen, dass die eigene Mutter unter einer narzisstischen Persönlichkeitsstörung leidet.

Unter Umständen erkennen Sie sich in den folgenden Aussagen von Betroffenen wieder:

»Jedes Gespräch mit meiner Mutter musste sich um sie drehen. Immer wieder hat sie versucht, die Aufmerksamkeit auf sich zu ziehen. Und wenn dies nicht klappte, wurde sie wütend und gab mir die Schuld.«

»Schon als Kleinkind hat meine Mutter viel mit mir geschimpft. Später kritisierte sie mich ständig. Dies hielt bis zu meinem Auszug von Zuhause an. Immer wieder hat sie betont, dass sie nur das Beste für mich will.«

»Egal, was ich getan habe, meine Mutter wollte immer besser sein als ich.«

»Ich kann mich wirklich nicht daran erinnern, dass sich meine Mutter mal für mich oder meine Interessen begeistert hat. Sie war mehr darauf fixiert, ihre eigenen Angelegenheiten zu erledigen. Gegenüber anderen betonte sie jedoch immer wieder, wie sehr sie sich für mich aufopfert und was für eine gute Mutter sie sei.«

»Mein ganzes Leben lang wurde mir von meiner Mutter gesagt, wie ich mich zu fühlen habe und wie nicht. Und sofern ich einer anderen Meinung war als sie, hat sie mir nicht mehr zugehört.«

»Bereits in frühen Jahren hat meine Mutter mich mit anderen verglichen und mich niedergemacht.«

»Ich habe nie erlebt, dass meine Mutter Verantwortung übernimmt. Stattdessen hat sie mir und anderen nur Vorwürfe gemacht. Gesagtes oder Situationen hat sie verfremdet, um von ihrer eigenen Schuld abzulenken.«

2. Sich der Wahrheit und des Missbrauchs bewusst werden

Anhand der Aussagen von Betroffenen können Sie erkennen, dass Sie nicht allein sind. Schätzungsweise leiden Tausende von Kindern unter dem emotionalen Missbrauch durch eine narzisstische Mutter. Sich dieser Wahrheit bewusst zu werden, ist schwer. Aber es ist nötig, um sich selbst heilen zu können.

Nur wenn Sie sich eingestehen, dass Sie jahrelang und systematisch durch Ihre narzisstische Mutter psychisch oder auch physisch zerstört wurden, können Sie dem herrschenden Teufelskreis entkommen.

Einige Betroffene, die jahrelang unter der narzisstischen Mutter gelitten haben, werden erst in einer Therapie mit der vermutlichen Diagnose der Mutter konfrontiert. Denn die Narben der Kindheit sitzen oftmals so tief, dass die Betroffenen selbst psychische Erkrankungen davontragen. Innerhalb einer solchen Therapie wird auch oftmals das Verhalten der Mutter analysiert, selbst wenn diese nicht anwesend ist. Durch die Aussagen des Patienten kann der Therapeut seine Vermutung äußern, dass die eigene Mutter wohlmöglich unter einer narzisstischen Persönlichkeitsstörung leidet.

Andere Betroffene vermuten eine narzisstische Persönlichkeitsstörung bei der Mutter vielleicht schon früher. Unter anderem durch Gespräche mit Freunden oder durch Artikel und Berichte über dieses Thema.

Mit dem Eingeständnis über den emotionalen Missbrauch bekommt das Idealbild der eigenen Mutter Risse. Viele Betroffene können sich nicht vorstellen, dass die eigene Mutter wirklich eine Narzisstin sein soll. Schließlich hatte sie doch auch ihre guten Seiten – auch wenn sie diese oftmals nur anderen gegenüber zeigte und nicht dem eigenen Kind.

Das Familiensystem mit den narzisstischen Verhaltensweisen der Mutter ist perfekt aufgebaut. Wir könnten es mit dem Netz einer Spinne vergleichen, in der sie ihre Beute gefangen hält. Und so merken auch Kinder lange Zeit nicht, in welch einer toxischen Umgebung sie aufwachsen müssen. Die mangelnde Empathie und das unersättliche Begehren nach Aufmerksamkeit der Mutter werden zum Alltag und somit als vorrangige Eigenschaften der narzisstischen Mutter übersehen. Hilflos müssen die Betroffenen die Kindheit in diesem Netz verbringen und können nicht feststellen, warum es sich so anstrengend und schmerzlich anfühlt und woher die ständigen Schuldgefühle und das mangelnde Selbstwertgefühl kommen.

3. Charakteristische Verhaltensweisen der nazistischen Mutter

Wenn Sie bisher vielleicht nur eine vage Vermutung haben oder sich in der Vergangenheit noch nicht mit dem Thema Narzissmus auseinandergesetzt haben, können Ihnen die folgenden charakteristischen Verhaltensweisen einer narzisstischen Mutter vielleicht weiterhelfen, um ein wenig Licht ins Dunkel zu bringen.

Die folgenden Merkmale können täglich in der Kindheit aufgetreten sein und einen Hinweis auf eine narzisstische Persönlichkeitsstörung geben:

Mangel an Empathie

Die Mutter ist nicht in der Lage, Geborgenheit oder körperliche Nähe zuzulassen. Sie hat einen leeren und kühlen Blick. Sollte sie sich dennoch zu Nähe hinreißen lassen, ist diese mit einer spürbaren Kälte verbunden.

Egozentrik

Ihre eigenen Angelegenheiten oder Interessen stellt sie immer in den Vordergrund. Wenn überhaupt, zeigt sie nur ein oberflächliches Interesse an den Sorgen, Nöten oder Freuden des eigenen Kindes.

Kontrollwahn

Sie muss alles kontrollieren und wissen. Sie versteckt dieses Verhalten als Interesse und Wohlwollen. Schließlich will sie ja nur das Beste für das Kind.

Einmischungen

In alles muss sich die narzisstische Mutter einmischen. Auch hier nutzt sie einen Deckmantel. Sie möchte nur helfen und ist deshalb auch ständig im Umfeld des Kindes und mischt sich in dessen Angelegenheiten ein.

Verfügbarkeit

Von dem eigenen Kind verlangt die narzisstische Mutter ständige Bereitschaft und Verfügbarkeit. Dabei spielt es keine Rolle, wo sich das Kind gerade befindet oder was getan wird.

Imitierung

Um angesehener zu wirken und sich selbst aufzuwerten, imitiert sie die Interessen anderer. Auch die Meinungen oder Verhaltensweisen von anderen Personen werden übernommen.

Geltungsdrang

Das Verhalten einer narzisstischen Mutter ist oftmals überzogen – selbst in Alltagssituationen. Sie provoziert, redet oder lacht laut. Es geht ihr nur um die Selbstdarstellung. Dieser Geltungsdrang zeigt sich auch oftmals in sehr banalen Dingen, wie dem starken Auftragen eines Parfums.

Gleichsetzung

In den Augen der narzisstischen Mutter kann sie alles tun, was das eigene Kind auch tut. Altersunterschiede gibt es für sie nicht. Sie ist jedoch nicht nur der Meinung, dass sie es ihrem Kind gleichtun kann, sondern, dass sie dabei auch noch die Beste ist.

Kritikunfähig

Auf Kritik reagiert die narzisstische Mutter sehr ungehalten und oftmals wie ein kleines Kind. Sie ist beleidigt, schmollt oder verstummt. Auch das Verlassen der Situation oder der Vorwurf, die anderen seien nur neidisch auf sie, sind charakteristisch für diese Persönlichkeitsstörung.

Überheblichkeit

Neben einer übertriebenen Angeberei kann die narzisstische Mutter auch mit unangebrachten Kommentaren argumentieren oder verletzende Worte wählen. Sie verhält sich oftmals laut und großspurig in Unterhaltungen.

Missinterpretationen und Missverständnisse

Alles, was ihr in einem Gespräch nicht passt, wird falsch interpretiert oder verstanden. Da werden selbst logische Argumente verdreht.

Vergleich

Häufig wird das eigene Kind mit anderen verglichen. Jedoch nur, um dem eigenen Nachwuchs zu zeigen, wie minderwertig er ist. In diesem Zusammenhang schreckt sie auch nicht davor zurück, das eigene Kind stets zu kritisieren, schlecht zu machen oder zu erniedrigen.

Abwertung

Um sich selbst in einem besseren Licht dastehen zu lassen, wertet die narzisstische Mutter die eigenen Kinder ab. So kann sie sich selbst auch als aufopfernde Mutter präsentieren. Wenn es die Umstände erlauben, nutzt sie die Leistungen oder materiellen Vorzüge der Kinder, um sich damit zu brüsten.

Einmischungen in Beziehungen der Kinder

Selbst vor freundschaftlichen oder partnerschaftlichen Beziehungen der eigenen Kinder macht die narzisstische Mutter keinen Halt. Sie kennt keine Grenzen. Und so sollen die Freunde der Kinder auch ihre Freunde sein. Dabei werden die Freunde oder Partner nie genug aus ihrer Sicht sein und so findet sie immer etwas, über das sie lästern oder meckern kann.

Neid

Der Neid auf das eigene Kind begleitet die narzisstische Mutter stets. Bekommt oder erlebt das Kind etwas Schönes, will sie es dem eigenen Kind verderben. Der Neid kann selbst zu einer sexuellen Konkurrenz gegenüber der eigenen Tochter führen. So geht die narzisstische Mutter in den Wettbewerb mit der eigenen Tochter und buhlt um Jugendlichkeit, Attraktivität und Schönheit.

Ausbeutung

Sie manipuliert das eigene Kind, um mehr Geld oder andere Dinge zu erhalten, auf die sie neidisch ist.

Verleugnung

Die Konfrontation der narzisstischen Mutter in Bezug auf Dinge, die sie getan hat, führt immer zu einer Verleugnung ihrerseits. Sie wird zudem versuchen, ihr Gegenüber als verrückt darzustellen.

Zerstörung von Beziehungen

Die narzisstische Mutter wird jegliche Beziehungen zwischen Kindern oder anderen Familienmitgliedern versuchen zu zerstören, um stets im Mittelpunkt des Familienlebens zu bleiben. Sie gibt die Vermittlerin vor, obwohl sie schuld an der herrschenden Situation ist. Sie hat nicht nur die volle Kontrolle über alle Familienmitglieder, sondern bestimmt auch, wer welche Informationen zu hören bekommt.

Lügen

Durch Lügen schafft sie Konflikte in den Beziehungen in ihrem näheren Umfeld. Auf diese Weise kann sie sich selbst als Vermittlerin präsentieren. Dabei lügt sie auch in Bezug auf ihre Beziehungen zu anderen Menschen. Bestimmte Sachverhalte werden verschwiegen, denn auf diese Weise lassen sich Situationen verändern.

Dramatisierung

Läuft etwas nicht so wie es die narzisstische Mutter gerne hätte, setzt sie auf Drama und stellt sich selbst als Opfer dar. Sie argumentiert damit, dass sich nun das Kind um die Mutter kümmern müsse.

Hier ein Ausschnitt aus den Erfahrungen einer weiteren betroffenen Person:

»Zu Beginn war es mir gar nicht bewusst, dass meine Mutter eine narzisstische Mutter ist. Erst heute ist mir bewusst, dass es unterschiedliche Merkmale einer narzisstischen Mutter gibt. Das ist mir bei meiner Mutter inzwischen ganz bewusst geworden. Sie nimmt ihre Talente und Leistungen als übertrieben exzellent wahr. Es ist ihr auch wichtig, dass alle Personen um sie herum diese als solche wahrnehmen. Für alle Aktionen erwartet sie Bewunderung und Dankbarkeit. Es war ihr ebenso wichtig, stets bevorzugt zu werden. Wenn dies nicht gegeben war, war sie extrem schnell ausfallend und sprach schlecht über die andere Person. In zwischenmenschlichen Beziehungen nimmt sie gerne eine ausnutzende Rolle ein.

Empathie ist für sie ebenso ein Fremdwort. Auch großen Neid verspürt sie, ist aber auf der anderen Seite der Ansicht, dass alle Menschen um sie herum auf sie neidisch sind. Ebenso ist sie stets der Ansicht, dass sie besser ist als die Menschen um sie herum.

Nur weil diese Merkmale bei meiner Mutter anzutreffen waren, heißt dies aber noch lange nicht, dass diese Merkmale auf jede narzisstische Mutter zutreffen müssen. Dies sind lediglich meine Erfahrungen bzw. Beobachtungen. Die Erfahrungen mit meiner narzisstischen Mutter haben mich extrem geprägt. Meine Mutter war nicht nur eine notorische Lügnerin und hat alles abgestritten. Im Laufe meines Lebens musste ich erfahren, wie sie mich mehrmals ausgenutzt, erniedrigt und gedemütigt hat. Auch musste ich mit ihrer ständigen Kritik umzugehen lernen. Besonders getroffen hat mich auch der hohe Grad an Manipulation und, dass sie stets auf ihren eigenen Vorteil aus war und mich, ihre Tochter, im Regen stehen gelassen hat. Trotzdessen hat sie immer wieder betonen wollen, welche Sorge sie für mich hat. Doch erst heute ist mir klar, dass all diese Erfahrungen keinen Zusammenhang zur Sorge bzw. Fürsorge besitzt.«

4. Verhaltensweisen entsprechend des Narzissmus-Typus

Die genannten Merkmale der narzisstischen Persönlichkeitsstörung werden in der Regel zu Beginn sehr freundlich und unterschwellig umgesetzt. So lässt sich die eigene Manipulation erst viel später erkennen.

Lassen Sie uns jetzt noch kurz die Verhaltensweisen entsprechend der einzelnen Typen jeweils an einem Beispiel ein wenig genauer betrachten.

Exhibitionistisch-narzisstische Mutter

Bei diesem Typus gibt sich die Mutter als Übermutter aus. Gegenüber anderen Personen wird sie nicht müde, immer wieder zu betonen, wie sehr sie sich für das eigene Kind aufopfert und nur selten einen Dank erhält.

Das eigene Kind hingegen wird in eine Ecke getrieben und bekommt Forderungen präsentiert. Nicht selten bestehen typische Situationen daraus, dass das Kind etwas Beschämendes, Herabsetzendes oder Verletzendes tun muss, um das Selbstwertgefühl der Mutter aufzuwerten. Jede nicht zustimmende Antwort führt zu Rachegelüsten der Mutter.

Das Kind befindet sich in diesem Fall in einer Situation, die es nicht gewinnen kann. Unterwirft es sich dem degradierenden Verhalten der Mutter, wird es ebenso die Hilflosigkeit und Angst erleben, wie wenn es sich dagegen wehrt und mit Drohungen, Beschuldigungen oder Beschämungen konfrontiert wird.

Grandios-maligne narzisstische Mutter

Innerhalb der Familie hat die grandios-maligne narzisstische Mutter das Sagen. Ihre Meinung ist absolut – nichts und niemand kann dagegen ankommen. Sie erschafft sich ihre eigene Realität, in der sie ein entsprechendes Größenselbst besitzt. Lügen und Intrigen setzt sie ohne Schuld- und Schamgefühle in die Welt. Und dabei schreckt sie auch nicht vor den Freunden oder anderen Bezugspersonen des Kindes (beispielsweise Lehrer oder Erzieher) zurück. Sie lässt das eigene Kind in einem schlechten Licht dastehen, um sich selbst als beste Mutter präsentieren zu können. Sie will um jeden Preis Anerkennung, Zuwendung und Geltung erhalten oder schlichtweg ihren Willen durchsetzen.

Sollte sie auf Widerstand stoßen, beispielsweise in der Schule, scheut sie sich nicht davor, ihr Kind auf eine andere und in ihren Augen, bessere Schule zu schicken. Die primäre Machtausübung steht für sie an erster Stelle, wobei sie nur ihren eigenen Vorteil sieht. Sie ist unbarmherzig, ausbeuterisch, rücksichtslos, sprunghaft und sadistisch. In stressigen oder angespannten Situationen reagiert sie jedoch aggressiv oder ungeduldig.

Vulnerabel-fragil narzisstische Mutter

Die vulnerabel-fragil narzisstische Mutter kann mit Kritik so gar nicht umgehen. Äußerst empfindlich reagiert sie darauf und wird auch nicht selten wütend, sofern man sie kritisiert oder ihr widerspricht. Neben Wut und Drohungen kommt es nicht selten auch zu Zerstörungen oder gewalttätigen Ausbrüchen. Untergräbt das Kind die Autorität der vulnerabel-fragil narzisstischen Mutter beispielsweise beim Anfertigen der Hausaufgaben, in dem es zu einer anderen Lösung als sie kommt, kontert die Mutter mit verbalen Attacken und Beschimpfungen.

Auch andere schlechte Gefühle wälzt dieser Typus gerne mal auf ihre Umwelt und vor allem das eigene Kind ab. Sie fühlt sich nur dann besser, wenn es anderen schlecht geht.

Sie kann keine Dankbarkeit zeigen und ist zudem immer neidisch auf materielle Dinge, die andere besitzen. Auf ihre Umwelt wirkt die vulnerabel-fragil narzisstische Mutter oftmals sehr charmant und so ist sie beispielsweise auch in der Lage eine mögliche Empathie vorzutäuschen. Entschuldigungen wird man von dieser Mutter jedoch nie hören. Sie schiebt die Schuld gerne anderen zu und macht somit auch nicht sich selbst für das eigene Unglück verantwortlich. Sie sieht sich vielmehr als vermeintliches Opfer.

Altruistisch-narzisstische Mutter

Die altruistisch-narzisstische Mutter erwartet immer eine Gegenleistung. So wird auch stets ein »*Dankeschön*«, selbst für die banalsten Dinge, erwartet und gefordert. Das Fahren zur Schule muss der Mutter beispielsweise ebenso gedankt werden, wie das Zubereiten von Essen.

Zusätzlich muss dieser Mutter immer der Ausdruck der Wertschätzung entgegengebracht werden. Von dem eigenen Kind möchte sie als eine Art Königin behandelt werden. Und so wird der Nachwuchs auch immer wieder daran erinnert, was die Mutter schon alles getan hat. Sätze wie: »*Ich habe mich immer um dich gekümmert und meine Bedürfnisse hintenangestellt. Und was ist jetzt der Dank dafür?*«, sind typisch für altruistisch-narzisstische Mütter.

Sie ist auch oftmals sozial aktiv oder engagiert sich für außerschulische Aktivitäten. Überall, wo Hilfe benötigt wird, ist die altruistisch-narzisstische Mutter zur Stelle.

So stellt sie auch oftmals übertrieben dar, was sie schon alles für andere getan hat. Aber vor allem sollen möglichst viele Menschen von ihren guten Taten erfahren.

Kommunal-narzisstische Mutter

Die kommunal-narzisstische Mutter stellt sich selbst als beste Freundin des eigenen Kindes dar. So wird oft erzählt, was sie mit dem eigenen Nachwuchs unternommen hat oder welche Geheimnisse ausgetauscht werden. In den Augen der Mutter kann das eigene Kind keine bessere Freundin finden. Aus diesem Grund reagiert sie auch mit Rachegefühlen oder Manipulationsversuchen, sofern sich das eigene Kind beginnt abzunabeln und sich andere

Freunde sucht. Nicht selten werden die Freundschaften des Kindes durch Lügen und Intrigen vonseiten der Mutter zerstört. Und selbst vor den Partnerschaften des Kindes macht sie nicht Halt. Sie will um jeden Preis die Nummer eins für das eigene Kind sein und bleiben.

Amourös-narzisstische Mutter

Die amourös-narzisstische Mutter ist stets auf der Suche nach Geld und Sex. So gehören für die Kinder auch ständig wechselnde Männerbekanntschaften der Mutter zum Alltag. Einen festen Partner betrügt die amourös-narzisstische Mutter, um ihre Macht zu präsentieren. Nicht selten tritt die amourös-narzisstische Mutter im späteren Verlauf mit der eigenen Tochter in den Konkurrenzkampf und versucht ihr ihren Partner auszuspannen.

5. Wieso tut sie, was sie tut?

Um zu verstehen, warum eine narzisstische Mutter so handelt, wie sie es tut, müssen wir in ihre Gefühls- und Gedankenwelt eintauchen.

In den Augen einer narzisstischen Mutter ist das eigene Kind stets nur ein Objekt oder Gegenstand, das als Spiegel des künstlichen, grandiosen Selbstbildes dient. Für sie erscheint es unerträglich, wenn dieser Spiegel etwas oder jemanden anderes zeigt als ihr eigenes Selbstbild.

Das Loben der Tochter durch andere Personen, nutzt die Mutter beispielsweise für sich selbst, um die eigenen Qualitäten damit aufzuwerten. Ohne sie wäre die Tochter schließlich gar nicht im Stande gewesen, die gelobten Eigenschaften hervorzubringen.

Das Kind wird auf diese Weise als Erweiterung des eigenen selbst gesehen und wahrgenommen. Entsprechend wird auch im Zusammenhang mit einer narzisstischen Mutter vom Kind oftmals von einer Trophäe gesprochen. Das Kind an sich besitzt keine Autonomie, sondern unterliegt den Bedürfnissen und Wünschen der Mutter. So wird das Kind nicht selten musikalisch oder anderweitig gefördert, auch wenn es selbst gar nicht möchte. Die Mutter möchte sich jedoch mit dem Erfolg des Kindes schmücken. Die Bewunderung, die dem Kind entgegengebracht wird, interessiert die Mutter nicht. Sie möchte lediglich selbst dadurch als tolle Mutter dastehen.

Dabei sucht sie sich die Menschen aus, mit denen sie sich umgibt. Es finden sich nur Personen im näheren Umfeld der Mutter, die auch eine narzisstische Zufuhr ermöglichen. Ihr selbsterbautes Weltbild ist geprägt von der zwischenmenschlichen Grenzenlosigkeit und dem Verlangen, dass die eigenen Wünsche und Bedürfnisse von der Umgebung gestillt werden. Narzisstische Mütter brauchen die ständige Bestätigung von außen. Durch diesen Geltungs- und Bestätigungsdrang lernt das Kind sehr schnell, dass es die Erwartungen der Mutter erfüllen muss, um wenigstens etwas Zuwendung oder Akzeptanz vonseiten der Mutter zu erhalten.

Die narzisstische Mutter hat zudem aber noch eine andere Seite. Auf dieser ist sie minderwertig, unsicher und weiß oft nicht, wer sie wirklich ist. Sie besitzt eine Selbsteinschätzung, die zwischen Größenwahn und Minderwertigkeit schwankt. Zudem hat sie ein gestörtes Selbstwertgefühl und sehnt sich eigentlich nach Beziehungen und Nähe. Diese Gefühle kann sie jedoch nicht ertragen, da sie Angst hat, sich selbst zu verlieren.

Weiterhin hat die narzisstische Mutter eine panische Angst vor Distanz, da sie das Alleinsein fürchtet. In ihren Augen kann sie nur dann geliebt werden, wenn sie besonders ist. Zu ihren Bedürfnissen und Gefühlen hat sie nur wenig Kontakt und fühlt sich entsprechend auch nicht angenommen. Sofern sie die Zufuhr von Anerkennung und Bewunderung durch ihre Außenwelt nicht erhält, droht das geringe Selbstwertgefühl zusammenzubrechen. Es droht ein depressiver Zustand.

Aus diesem Grund ist es für viele narzisstische Mütter wichtig, jünger geschätzt zu werden als sie sind. Durch ihre körperliche Aktivität und ihr jugendliches Aussehen können sie den Grad des eigenen Bedarfes an der narzisstischen Zufuhr decken.

KAPITEL 4

Die narzisstische Kindheit - Ein lebenslanger Kampf

Das eigene Kind wird jedoch von der narzisstischen Mutter nicht nur als Objekt oder Trophäe angesehen, sondern oftmals auch als Feind.

Als Betroffene werden Sie selbst wissen, wie anstrengend und vor allem auch leidvoll das Leben mit einer narzisstischen Mutter sein kann. Es fühlt sich an, als würde man im bedrohlichen Schatten der Mutter aufwachsen. Der Erziehungsstil ist geprägt von Kontrolle und mangelndem Einfühlungsvermögen. Und immer ist da dieses ungute Gefühl, dass die eigene Mutter einen zu einer Version ihres Selbst formen möchte. Keine Spur von mütterlichen Instinkten. Stattdessen wird die wichtige Mutter-Tochter-Beziehung von Beginn an, auf sehr perfide Art, zerstört. So ist es der Tochter überhaupt nicht möglich zu einer unabhängigen und selbstbewussten Frau heranzuwachsen.

Die Tochter wird als Bestandteil des eigenen Egos angesehen und zeitgleich auch als Bedrohung oder Feindin. Für die narzisstische Mutter ist die eigene Tochter die größte Konkurrentin: Sie könnte schließlich schöner, intelligenter oder selbstbewusster sein. Diese Tatsache allein erschwert die Mutter-Tochter-Beziehung sehr.

Die Tochter ist der narzisstischen Mutter und ihrem widersprüchlichen Verhalten schutzlos ausgeliefert. Nicht nur der stetige Konkurrenzkampf mit der Mutter ist für das Heranwachsen toxisch, sondern auch die unerbittliche Disziplin, die die Mutter fordert. Für sie zählt nur, wie die Tochter von außen wahrgenommen wird. Wie es im Inneren ihres Kindes aussieht, was es fühlt oder denkt, ist ihr vollkommen egal. Entsprechend werden die Gefühle des Kindes bereits frühzeitig im Keim erstickt, indem die narzisstische Mutter auf Kritik oder Gleichgültigkeit setzt.

Auf diese Weise kann sich die Identität der eigenen Tochter überhaupt nicht entwickeln. Vielmehr muss sie mit einem geringen Selbstwertgefühl und Selbstvertrauen aufwachsen und erhofft sich selbst in ihrer Hilflosigkeit immer noch, bei allem was sie tut, die Anerkennung und Liebe ihrer Mutter. Durch diese Abhängigkeit zur Mutter hat die Tochter im späteren Verlauf des Lebens nicht selten das Gefühl, dass sie es einfach nicht wert ist geliebt zu werden.

Die Tochter einer narzisstischen Mutter ist also Feindin und Spiegelbild zugleich. Sie soll die Erweiterung des eigenen Selbst sein und möglichst die gleichen Entscheidungen treffen wie die Mutter. Das Verhalten der Mutter ist jedoch nicht nur widersprüchlich, sondern vor allem schädlich. Statt mit dem Gefühl der Geborgenheit und dem Wissen aufzuwachsen, dass die Mutter immer da ist, um sie zu verteidigen oder zu beschützen, wächst die Tochter mit Verboten und Vorschriften auf. Allein die Mutter entscheidet, mit wem sich die Tochter trifft oder welchen Beruf diese erlernt.

Die ständige Aufmerksamkeit der Tochter wird stets von der narzisstischen Mutter verlangt. Sie soll ihre Bedürfnisse befriedigen und die Erwartungen erfüllen. Dabei darf die Tochter jedoch nicht zu sehr aus dem Schatten der Mutter hervortreten. Denn schließlich soll die eigene Mutter nicht von ihrer Tochter übertrumpft werden. Damit dies auf keinen Fall geschieht, wird bereits von Beginn an das Selbstwertgefühl der Tochter manipuliert. Es kommt zu Erniedrigungen und einer Vernichtung der Selbstachtung.

Töchter narzisstischer Mütter stellen sich im Laufe ihres Lebens oftmals zwei wichtige Fragen:

»*Warum hat meine Mutter mich überhaupt bekommen, wenn sie keine Liebe und Geborgenheit geben kann?*«

und

»*Warum war ich nie gut genug?*«

Sind diese beiden Fragen auch schon einmal in Ihrem Kopf aufgetaucht und haben Sie einfach keine Antworten gefunden? Vielleicht schaffen wir es gemeinsam die Fragen zu beantworten.

Warum bekommt eine narzisstischer Mutter überhaupt Kinder? Denn schließlich könnte man ja meinen, dass sie gewusst hat, was passieren würde. Sie wusste, dass sie ihr Kind nicht lieben kann.

Eine pauschale Antwort auf diese Frage kann es jedoch nicht geben. Zuerst einmal müssen wir festhalten, dass die narzisstische Mutter nichts von der eigenen Persönlichkeitsstörung wusste. Erinnern Sie sich? Narzissten suchen nur selten medizinischen Rat, da sie einfach den Leidensdruck nicht spüren. Es ist jedoch zu beobachten, dass viele narzisstische Mütter Kinder in der Hoffnung bekommen, noch mehr Aufmerksamkeit und Bestätigung zu erhalten.

Dabei sind die Bedürfnisse des Kindes zweitrangig. Der Mutter geht es lediglich darum, die narzisstische Zufuhr zu erhalten. Aus diesem Grund drohen narzisstische Mütter ihren Kindern bereits in jungen Jahren mit Aussagen wie: »*Wenn du das jetzt nicht machst, hat Mama dich nicht mehr lieb*«.

Die narzisstische Mutter verfügt über eine enorme innere Leere. Und um diese zu füllen, benötigt sie die ständige Bewunderung ihres Kindes. Sie beutet das Kind schlichtweg für den eigenen Nutzen aus.

Die zweite Frage: »*Warum war ich nie gut genug?*« beschäftigt die meisten Töchter von narzisstischen Müttern aber noch mehr. Denn sie haben immer alles getan, was von ihnen verlangt wurde und dennoch haben sie die erhoffte Liebe und Aufmerksamkeit der Mutter einfach nicht erhalten. Warum?

Auch hier geht es wieder nur um den geringen Selbstwert der Mutter. Dieser muss unter allen Umständen und vor allem auch mit allen Mitteln gestärkt werden. Hervorgerufene Emotionen wie Trauer, Wut oder Enttäuschung stärken die narzisstische Zufuhr.

Die Tochter kann den Kampf gegen die narzisstische Mutter nicht gewinnen. Sie wird immer die Verliererin sein. Ob sie nun tut, was von ihr verlangt wird oder sich dagegen wehrt – Drohungen, Demütigungen oder Beschimpfungen werden immer die Folge sein. Die Tochter kann es einfach nicht schaffen, gut genug für die Mutter zu sein, weil diese es gar nicht zulassen wird. Die Tochter soll zwar das Spiegelbild der narzisstischen Mutter sein, aber niemals ebenbürtig oder gar besser. Aus diesen Gründen ist die narzisstische Mutter auch nicht in der Lage, ihr eigenes Kind bedingungslos zu lieben. Sie kann der eigenen Tochter keine Liebe entgegenbringen, weil sie sich selbst nicht liebt.

Stattdessen wird das Selbstwertgefühl des eigenen Kindes systematisch beschädigt und zerstört. Töchter narzisstischer Mütter bekommen täglich zu hören, dass sie nichts können. Gleichzeitig stellen sich die Mütter selbst als besonders schlau und klug dar.

Sie trauen ihren Töchtern nichts zu und verunsichern sie bei jeder erdenklichen Gelegenheit. Statt das eigene Kind zu loben, werden andere Kinder oder Personen gelobt, deren Leistungen das eigene Kind niemals erreichen wird. Das Schlimmste ist jedoch, dass narzisstische Mütter auch nicht davor zurückschrecken, das eigene Kind vorzuführen. Sie bringen es absichtlich in Situationen, die das Selbstwertgefühl des Kindes nachhaltig schädigen.

1. Das überflüssige und das goldene Kind

Vielleicht sind Sie ja auch nicht allein, sondern mit Geschwistern aufgewachsen. Haben Sie in diesem Fall in der Erziehung bei Ihrer Mutter Unterschiede bemerkt? Wurden Ihre Geschwister vielleicht bevorzugt behandelt?

Es ist vermehrt zu beobachten, dass Söhne von einer narzisstischen Mutter anders behandelt werden als die Töchter. Das hat zum einen etwas mit dem Konkurrenzkampf zu tun, der zwischen Mutter und Tochter entsteht. Auf der anderen Seite wird in einer Mutter-Sohn-Beziehung auch oftmals vom Ödipuskomplex gesprochen. Dieser Begriff aus der Psychologie wurde vor allem durch Sigmund Freud geprägt. Er vertrat die These, dass jedes männliche Kind die »ödipale-« oder »phallische Phase« durchläuft. Zum ersten Mal geschieht dies zwischen dem dritten und fünften Lebensjahr. Während der ödipalen Phase fühlt sich der Sohn besonders stark zu seiner Mutter hingezogen und betrachtet den Vater nicht selten als Konkurrenten.

Der Begriff des Ödipuskomplex findet seinen Ursprung wieder in der griechischen Mythologie. Ödipus erschlug seinen eigenen Vater und heiratete, ohne es zu wissen, seine Mutter, mit der er auch Kinder zeugte. Als Ödipus von der Wahrheit erfuhr, stach er sich beide Augen aus und ging in das Exil.

2. Die Bevorzugung der Geschwisterkinder

In der Familienstruktur, die von einer narzisstischen Mutter bestimmt wird, kann häufig eine Einteilung der Kinder beobachtet werden – das überflüssige und das goldene Kind. Sind mehrere Kinder vorhanden, können die entsprechenden Rollen auch von mehreren Geschwistern besetzt werden. Es kann auch passieren, dass sich die Rollen im Laufe der Kindheit ändern.

Dabei ist jedoch zu beobachten, dass die Rollen von

der narzisstischen Mutter den Kindern schon frühzeitig zugeteilt werden. Die Kinder können diesem nicht entgehen oder sich dagegen wehren.

Während das goldene Kind in den Augen der Mutter großartig ist, ist das überflüssige Kind das genaue Gegenteil. Das goldene Kind ist das Beste, Klügste und Talentierteste – es kann einfach nichts falsch machen. Es wird von der Mutter ausgewählt, um all die eigenen guten Eigenschaften und die Eigenschaften, die sie gerne hätte, auf das eigene Kind projizieren zu können.

Das überflüssige Kind kann der Mutter nie etwas recht machen und ist auch niemals gut genug. Dieses Kind verkörpert die negativen Seiten der Mutter.

Bei ihrer Entscheidung, welches Kind welche Rolle erhält, wägt die narzisstische Mutter genau ab. Es wird das Kind als überflüssig betrachtet, das vielleicht Ähnlichkeiten zum verhassten eigenen Elternteil oder Ehemann aufweist. Vielleicht ist das überflüssige Kind aber auch komplizierter, weil es unter Umständen gesundheitliche Einschränkungen hat.

Das überflüssige Kind wird mit allen negativen Eigenschaften ausgeschlossen. Oftmals geschieht dieser Prozess unbewusst und wird auch von der gesamten Familie getragen. In den meisten Fällen ist das überflüssige Kind sehr liebevoll, fürsorglich und emotional am stärksten. Das gesamte Leben über wird dieses Kind den größten Anteil an Wut, Ablehnung, Scham und Schuld der gesamten Familie tragen müssen.

Selbst mit herausragenden Leistungen wird dieses Kind niemals gut genug sein und sich somit auch nicht vor bösartigen Kommentaren schützen können.

Das überflüssige Kind wächst in einer sehr belastenden Situation auf und erkennt sehr schnell, dass es eigentlich keine Chance gegen den Rest der Familie hat. Die Mühe, die es vermehrt aufbringt, wird mit emotionalem Stress und grausamer Kritik bestraft. Das überflüssige Kind wird auch oftmals als Bedrohung von der narzisstischen Mutter angesehen. Denn schließlich könnte auf diese Weise ihre Perfektion infrage gestellt werden.

Fügt sich das überflüssige Kind in die Rolle des Versagers oder Problemkindes, wird dies oftmals mit einem geringen Missbrauch oder möglicher Unterstützung gewürdigt. Der Preis, den das Kind für diese Aufmerksamkeit zahlen muss, ist jedoch sehr hoch.

Die Rolle des überflüssigen Kindes werden die Betroffenen jedoch auch im Erwachsenenalter nicht ablegen. Sie werden immer das Gefühl haben, dass an ihnen etwas falsch ist. So sind sie nicht selten das Opfer der Gesellschaft. Immer wieder versuchen sie alles, um es anderen recht zu machen und ernten dennoch nur Kritik. Unbewusst strahlen sie auch in ihrem Verhalten und in ihrer Körpersprache die Opferrolle aus.

Auf der anderen Seite haben wir in der Familienstruktur das goldene Kind. Dieses kann einfach nichts falsch machen, denn es ist perfekt. Selbst für geringe Leistungen wird dieses Kind gelobt und erhält stets Unterstützung und Aufmerksamkeit. Durch die Verteilung der Rollen kann es zur Eifersucht zwischen den Geschwistern kommen. Dies nutzt die narzisstische Mutter geschickt und erweitert den Graben zwischen den Geschwisterkindern bewusst. So wird das goldene Kind nicht selten durch die narzisstische Mutter verleitet, sich aktiv am emotionalen Missbrauch gegenüber dem überflüssigen Kind zu beteiligen. Sie selbst nimmt in diesem Fall die Rolle der Vermittlerin ein. Dies wird auch als Triangulierung bezeichnet. Diese Kommunikationsstruktur kommt sehr häufig in Familien mit einem narzisstischen Elternteil vor. Die narzisstische Mutter regelt die Kommunikation zwischen zwei Parteien – beispielsweise der Geschwisterkinder. So kann es auch vorkommen, dass die Geschwister nur über die Mutter in Verbindung zueinanderstehen. Für die Mutter bedeutet diese Situation natürlich ein großes Potenzial an Macht. So kann sie nicht nur den Fluss der Informationen regeln, sondern sie hat auch die Möglichkeit diesen zu beeinflussen.

Es erfolgt also keine direkte Kommunikation mehr zwischen den Familienmitgliedern, sondern sie reden nur übereinander. So entsteht eine passive Aggressivität, die Spannungen und Disharmonie fördert. Kommt es dennoch zu einer direkten Kommunikation zwischen den Familienmitgliedern, wird die von der Mutter weitergegebene Information, aufgebauscht – Wut, Eifersucht, Missgunst und Neid sind mögliche Folgen. Durch die Triangulierung wird die Kommunikation innerhalb der Familie drastisch gestört. Die einzige Person, die aus dieser Situation einen Nutzen zieht, ist die Mutter. Sie profitiert von der narzisstischen Zufuhr und der damit verbundenen Aufmerksamkeit. Denn schließlich steht durch diese Art der Kommunikation jeder in Verbindung zu ihr und nur sie hat die Kontrolle über die Emotionen und Informationen.

Nicht selten nutzt die narzisstische Mutter das goldene Kind, um selbst leben zu können. Dieses Kind soll die Wünsche, Träume, Interessen und Begabungen der Mutter füllen. Die Erfolge des goldenen Kindes erlebt die narzisstische Mutter oftmals als Eigene. Jedoch nimmt sie in diesem Fall auch nur selten Rücksicht auf die Bedürfnisse des Kindes.

Entsprechend wachsen die goldenen Kinder mit einer sehr hohen Anspruchshaltung auf. So sind auch die Folgen für das spätere Leben unterschiedlich stark ausgeprägt. Sie können im Erwachsenenalter sehr erfolgreich sein und sich stets mit Statussymbolen umgeben. Es ist aber auch möglich, dass sie das eigene Leben nicht selbstständig organisiert bekommen, da sie nie gelernt haben selbst für etwas zu arbeiten.

Durch die Umklammerung und Umwerbung der narzisstischen Mutter hat das goldene Kind im Erwachsenenalter große Probleme, sich aus dieser Umklammerung zu befreien. Die persönliche Identität konnte sich nicht entfalten und oftmals verleugnen sie ihr eigenes Selbst.

Hier ein Ausschnitt aus den Erfahrungen einer weiteren betroffenen Person:

»Heute würde ich meine Kindheit als kalt und einsam beschreiben. Niemals hatte ich das Gefühl, irgendwo dazuzugehören. Ich sah mich eher als diejenige, die von sämtlichen Personen schlecht behandelt wurde und zu allem Überfluss auch noch die Drecksarbeit machen durfte. Eine ganz andere Rolle kam meinem Bruder zu. Er wurde stets als der perfekte Sprössling wahrgenommen. Das war bei mir ganz anders. Lob und Trost in schwierigen Zeiten waren mir fremd. Auch wurde ich niemals ernst genommen oder auch nur mal in den Arm genommen. Stattdessen war ich stets Kritik ausgesetzt.

Eine prägende Situation stammte aus meiner Zeit in der dritten Klasse. Normalerweise hatte ich in Deutscharbeiten immer eine eins oder zwei. Doch dies war die allererste drei in meinem noch jungen Leben. Deshalb hatte ich so Angst nach Hause zu kommen. Ich entschloss mich, zu einem Klassenkameraden nach Hause zu gehen. Anschließend fuhren mich seine Eltern nach Hause und sprachen mit meinen Eltern darüber. Dies wussten überhaupt nicht, weshalb ich denn Angst haben sollte, nach Hause zu gehen. Doch sobald die Eltern meines Klassenkameraden das Haus verlassen haben, gab es das größte Theater meines Lebens. Seit diesem Erlebnis konnte ich meinen Eltern überhaupt nicht mehr vertrauen.«

3. Zuckerbrot und Peitsche – Erziehungsmethoden einer narzisstischen Mutter

Die Erziehung durch eine narzisstische Mutter hinterlässt vor allem bei den Töchtern tiefe Wunden, deren Dramatik ein Leben lang bestehen bleibt. Die tägliche Kritisierung wird gepaart mit dem Nicht-Wahrgenommen-Werden. Beachtung oder Aufmerksamkeit erfährt die Tochter nur, wenn sie die Wünsche und Bedürfnisse der Mutter erfüllt oder für ihre benötigte narzisstische Zufuhr sorgen kann.

Gefühle wie Trauer, Wut und Scham begleiten die Töchter ein Leben lang. Oftmals können sie sich nicht einmal auf den Vater verlassen. Sofern dieser da ist, wird auch er von der Autorität der narzisstischen Mutter untergraben und traut sich nicht gegen sie und ihre Erziehungsmethoden anzugehen. Sehr häufig herrscht in einer narzisstischen Partnerschaft eine Art Symbiose.

Dabei wird die Individualität des Partners durch die narzisstische Mutter verleugnet. Auch er muss immer für sie da sein und darf sein Recht auf Eigenständigkeit nicht einfordern. Andernfalls würde er mit Beschimpfungen oder Hass konfrontiert werden. Die narzisstische Mutter wird auch die Verselbstständigung des Vaters durch ihre Manipulationstechniken verhindern.

In vielen Familien mit einer narzisstischen Mutter ist also der Vater keine Hilfe. Er hat oftmals keine eigene Meinung und scheint auch nicht wirklich präsent zu sein. Dieses Verhalten ist typisch für narzisstische Beziehungen. Die Vaterfigur hat keine eigene Meinung, keine eigenen Interessen und fungiert lediglich als verlängerter Arm der Mutter. Auch er ist oftmals ein Opfer des narzisstischen Verhaltens seiner Partnerin.

Bereits in der Kindheit erleiden die Töchter immense Schäden, die oft irreparabel sind. Der kindliche Alltag wird von emotionaler und oft auch physischer Gewalt bestimmt.

Die tägliche Kritik vonseiten der Mutter beeinträchtigt das Selbstbewusstsein und die Selbstentwicklung. Extreme Stimmungsschwankungen der Bezugsperson gehören ebenso zur Kindheit, wie das Gefühl sich nie auf die eigene Mutter verlassen zu können. Die Mutter-Tochter-Beziehung wird von vielen Betroffenen als schmerzhaft bezeichnet. Nicht selten mussten die Töchter unter dem Liebesentzug der eigenen Mutter leiden.

Wie bereits erwähnt, sind narzisstische Mütter häufig alleinerziehend. Hierbei kommt erschwerend hinzu, dass die Mütter negative Eigenschaften des Ex-Partners und Vaters auf die Kinder projizieren und diese dafür bestrafen. In den Augen der Mutter verkörpert die Tochter all die Eigenschaften oder Eigenarten des Vaters, die die Mutter hasst. Nicht selten wird auch die Wut oder der Zorn, den die Mutter gegenüber dem Ex-Partner hegt, auf das Kind übertragen. Dieses ist der Sündenbock für die vielleicht gescheiterte Beziehung oder sogar, in den Augen der Mutter, der Grund, weshalb sich der Partner von ihr getrennt hat.

Für viele Töchter ist aber vor allem die emotionale Gewalt, die durch die Mutter ausgeübt wurde, prägend. Erniedrigungen, Beschimpfungen, Demütigungen oder Einschüchterungen sind in der narzisstischen Erziehung an der Tagesordnung.

Viele Töchter, die mit einer narzisstischen Mutter aufwachsen mussten, berichten auch von einem regelrechten Rollentausch. Während die eigenen emotionalen Bedürfnisse gar nicht wahrgenommen werden, müssen die Kinder das eigene Verhalten der Mutter anpassen. So müssen sie frühzeitig Verantwortung übernehmen, da sich die Mutter von der Tochter versorgen lässt, während zeitgleich die Versorgung des Kindes vernachlässigt wird.

Besonders prägend für Töchter, die mit einer narzisstischen Mutter aufwachsen, ist jedoch der Konkurrenzkampf, der von der Mutter ausgeht. Durch diesen können sich die Töchter in ihrer Weiblichkeit überhaupt nicht oder nur gering entwickeln. So wird der Partner der Tochter abgewertet oder die Mutter flirtet selbst mit ihm. Vor allem im Teenager-Alter kann dieses Verhalten der Mutter von den Töchtern nicht eingeordnet werden. Selbst wenn im Erwachsenenalter dieser Mechanismus besser erkannt wird, hat er immer noch eine verstörende Wirkung.

Die emotionale Gewalt in der narzisstischen Erziehung kann demnach viele Gesichter haben. Narzisstische Mütter:

- machen ihren Kindern mutwillig Angst – Angst ist ein wichtiges Mittel in der narzisstischen Erziehung
- schüchtern ein und isolieren die Kinder
- verspotten die eigenen Kinder oder geben sie zur Verspottung durch andere Preis
- missachten und entwerten die Kinder
- machen die Kinder klein – halten sie klein und werten sie ab
- vernachlässigen die eigenen Kinder und nehmen keine Rücksicht auf deren Wünsche und Bedürfnisse

- erziehen mit Druck und Unterdrückung
- fordern von Kindern Dinge zu tun, die sie selbst gerne hätten – sie erlegen den Kindern das eigene Leben auf

Da die emotionale Gewalt keine äußerlichen Spuren hinterlässt, wird diese regelmäßig von narzisstischen Müttern eingesetzt. Zur physischen oder körperlichen Gewalt greifen die meisten narzisstischen Mütter nur, wenn sie einfach nicht mehr weiterwissen oder wenn sich zu viel Wut und Frustration aufgestaut hat. Dabei gibt es keinerlei Entschuldigungen oder Rechtfertigungen für die emotionale sowie auch die körperliche Gewalt gegenüber Kindern.

Die körperliche Gewalt gegenüber Kindern durch die Mütter hat in den letzten Jahren stark zugenommen. In einer Statistik des Schweizer Bundesamtes zu häuslicher Gewalt wurde veröffentlicht, dass jede dritte Gewalttat an Kindern von Frauen ausgeübt wird. In den meisten Fällen beginnt die Gewalt harmlos und steigert sich dann im Laufe der Zeit. Dies beschreiben auch viele Töchter einer narzisstischen Mutter. Dabei nimmt das Ausmaß der körperlichen Gewalt oftmals Formen an, die besonders grausam oder sadistisch sind.

4. Was hat die narzisstische Mutter in mir angerichtet?

Durch das Aufwachsen in einem narzisstischen Haushalt werden Sie unter Umständen Schwierigkeiten haben, sich um sich selbst zu kümmern oder auf sich zu achten. Das ist ganz typisch für Töchter narzisstischer Mütter. Diese mangelnde Selbstfürsorge kann sich in unterschiedlichen Lebensbereichen zeigen: Schlaf, Entspannung, Nahrungsaufnahme, Hygiene etc.

Da Sie immer das Gefühl hatten, nie wertvoll oder gut genug für Ihre Mutter zu sein und entsprechend auch keine Liebe, Aufmerksamkeit und Unterstützung erfahren haben, sind Sie selbst nicht in der Lage sich etwas Gutes zu tun. Auf der anderen Seite sind Sie mit der Rolle aufgewachsen, sich ständig um ihre Mutter kümmern zu müssen. Sie hatten keine Möglichkeit, auf Ihre eigenen Bedürfnisse einzugehen und diese zu befriedigen.

Vielleicht haben Sie im Erwachsenenalter aber auch erlebt, dass Sie das Gegenteil Ihrer Kindheit leben: Sie sind verschwenderisch und befinden sich nicht selten wie in einem Kaufrausch. Auch diese Verhaltensweise ist typisch für Kinder narzisstischer Mütter. Durch dieses Verhalten soll die innere Leere gefüllt werden. Jedoch werden Sie vielleicht selbst festgestellt haben, dass auch in diesem die langfristige Befriedigung ausbleibt. Am Ende finden Sie sich selbst in einem Strudel aus Scham und Schuldgefühlen wieder.

Im Zusammenhang mit einer narzisstischen Erziehung wird auch oftmals von den Flöhen gesprochen. Hierbei handelt es sich um Verhaltensweisen, die als Reaktion auf eine Situation oder Verhalten gelernt wurden. Häufig werden diese Verhaltensweisen genutzt, um Beklemmungen und Angst zu vermeiden. Da diese Verhaltensweisen oftmals negative Folgen mit sich bringen, werden sie auch als Flöhe bezeichnet.

Diese Flöhe können bei fast allen Kindern beobachtet werden, die in einem narzisstisch-toxischen Umfeld aufgewachsen sind. So können Kinder einer narzisstischen Mutter beispielsweise Probleme haben mit Kritik umzugehen. Das Kind begegnet der Kritik beispielsweise defensiv und ist beleidigt. Unter Umständen wird die Reaktion des Kindes von Außenstehenden auch als narzisstisch gewertet. Es hat jedoch auch nie gelernt, wie man mit Kritik richtig umgeht.

Diese Flöhe bilden jedoch nicht die Grundlage einer Persönlichkeitsstörung, sondern können durch eine entsprechende Behandlung rückgängig gemacht werden. Somit kann an dem eigenen Verhalten gearbeitet werden, um dieses zu verändern.

5. Die Folgen einer narzisstischen Kindheit

Wer unter einer narzisstischen Mutter aufwächst, hat mit Spätfolgen zu rechnen. Das wissen Sie wahrscheinlich viel besser als irgendeine andere Person. Es sind nicht nur die seelischen Narben, die ein Leben lang bleiben. Die fehlende Liebe und Akzeptanz der eigenen Mutter können das weitere Leben so massiv beeinflussen, dass viele Betroffene selbst psychische Erkrankungen erleiden und sich in therapeutische Hilfe begeben müssen.

Schon früh haben Sie vielleicht gelernt sich zu verbiegen, um von Ihrer Mutter akzeptiert zu werden. Der britische Kinderarzt und Psychoanalytiker Donald Woods Winnicott sprach in diesem Fall auch vom »wahren und falschen Selbst«. Seiner Theorie nach entwickeln sich Menschen entweder im Sinne der eigenen und wahren Persönlichkeit oder sie entwickeln ein falsches Selbst. Beim Letzteren bauen die Menschen eine Haltung auf, die nicht das eigene Innere präsentiert – sie verbiegen sich vielmehr, um anderen zu gefallen und akzeptiert zu werden.

Die narzisstische Mutter implantiert den Gedanken im Kopf ihrer Tochter, dass diese nicht um ihrer selbst willen geliebt wird. Vielmehr muss sie die Erwartungen anderer erfüllen, um Anerkennung oder auch Liebe zu erhalten. Dieser Gedanke verfestigt sich mit den Jahren immer mehr und zieht sich wie ein roter Faden durch das Leben der Tochter.

Daraus ergeben sich weitere Probleme, mit denen die Tochter im Laufe ihres Lebens zu kämpfen hat. Essstörungen gehören zu den häufigsten psychischen Erkrankungen von Betroffenen. Das Essen wird zu einer Ersatzhandlung, um Kontrolle, Macht oder Trost zu erhalten. Entsprechend leiden viele Töchter einer narzisstischen Mutter unter Über-, Untergewicht oder Bulimie.

Aber auch Angst- und Panikattacken sowie Suchterkrankungen, Selbstverletzungen und Depressionen können die Folge einer narzisstischen Kindheit sein.

Bei vielen Betroffenen kommt es zu einer regelrechten Abkopplung der eigenen Gefühle. Sie fühlen sich innerlich leer und taub. Das fehlende Urvertrauen, das im Normalfall von der Mutter vermittelt wird, ist nicht vorhanden. So kommt es zu Unsicherheitsgefühlen und existenziellen Ängsten, die ein normales Leben schier unmöglich machen.

Häufig ist zudem auch zu beobachten, dass Töchter narzisstischer Mütter im späteren Erwachsenenalter von Schuldgefühlen geplagt werden, sofern sie eigenen Interessen nachgehen oder sich etwas Gutes tun. In ihren Köpfen ist verankert, dass sie dies einfach nicht verdient haben.

Als häufigstes Ergebnis einer narzisstischen Kindheit lässt sich bei vielen Betroffenen jedoch eine fehlende Selbstliebe finden. Sie sind nicht in der Lage sich selbst zu akzeptieren, geschweige denn zu lieben. Daraus resultieren oftmals ein selbstschädigendes Verhalten bzw. Selbstsabotage.

Auch das Helfersyndrom kann häufig bei Betroffenen beobachtet werden. Viele Töchter, die mit einer narzisstischen Mutter aufgewachsen sind, neigen zudem im Erwachsenenalter selbst zur Kontrolle und Perfektionismus. Sie haben immer noch den Gedanken im Hinterkopf, dass sie alles gut und richtig machen müssen, um geliebt und anerkannt zu werden. Und dabei dürfen sie auch nichts dem Zufall überlassen.

Es gibt jedoch auch eine große Stärke, die Töchter narzisstischer Mütter haben: Sie können Schwingungen, Tabus, Stimmungen und Unausgesprochenes sehr genau wahrnehmen. Schließlich wurden sie ihre gesamte Kindheit darauf trainiert. Sie sollten der Mutter möglichst keinen Kummer bereiten. Die kleinste Veränderung in der Stimme oder Mimik der Mutter war für die Töchter ein Warnsignal. Diese Gabe kann hervorragend für die Selbstheilung eingesetzt werden. Wie genau das geht, erfahren Sie im weiteren Verlauf dieses Buches.

6. Wie beeinflusst die narzisstische Mutter die eigenen Beziehungen?

Beziehungen der Töchter spielen bereits frühzeitig eine entscheidende Rolle für narzisstische Mütter. Die Tochter wird Freunde oder Partner niemals für sich allein haben – immer wieder wird die narzisstische Mutter ein Bestandteil sein.

Dabei wurde der Tochter schon früh psychisch implantiert, dass sie nicht gut genug ist und es auch niemals sein wird. Der Tochter wird so, seit Kindheitstagen, suggeriert nur für das geliebt zu werden, was sie tut und nicht wer sie ist. Daraus ergibt sich eine verzerrte Vorstellung der Bedeutung von Liebe. Entsprechend begeben sich viele Töchter narzisstischer Mütter in Beziehungen, die auf Abhängigkeit basieren.

Dabei gibt es zwei Möglichkeiten: Die Tochter ist leistungsorientiert und geht ihren eigenen Weg, sucht sich jedoch einen Partner, für den sie da ist und dem sie jeden Wunsch von den Augen ablesen kann. Eine selbstsabotierende Tochter hingegen, wird sich einen Partner suchen, zu dem sie sich hingezogen fühlt und der ihr einen Muttterersatz bieten kann.

Beide Varianten haben jedoch nichts mit einer ausgeglichenen und gesunden Beziehung zu tun. In diesen beiden Beziehungsformen geht es primär nicht um das Geben und Nehmen, sondern um Abhängigkeit - mitunter auch in versteckter Form.

Der emotionale Missbrauch der Mutter, der über Jahre hinweg stattgefunden hat, spiegelt sich nicht selten auch in der Mimik, Körpersprache, Gestik und Ausstrahlung der Tochter wider. Auf diese Weise schreit die Tochter förmlich danach wieder in die Rolle der Schuldigen oder Problematischen gedrängt zu werden. Durch diesen unbewussten Schrei ist sie das perfekte Opfer für Mobbing. Und immer wieder wird sie sich fragen, was sie falsch gemacht hat oder womit sie das verdient habe. Eine Antwort wird sie aber nicht finden. Sie kann nicht sehen, dass es die Prägungen ihrer Mutter sind, die ihr ein normales und selbstbestimmtes Leben unmöglich machen.

Töchter narzisstischer Mütter sind oftmals sehr empathisch, wenn auch nicht sich selbst gegenüber. Sie versuchen immer es allen recht zu machen und stellen die eigenen Bedürfnisse in den Hintergrund. Auf diese Weise wollen sie, vor allem auch in Beziehungen die Harmonie bewahren. Denn sie haben eine enorme Angst davor angegriffen, verletzt oder gar verlassen zu werden. Die Verlustängste bei Töchtern narzisstischer Mütter sind enorm groß. Und genau aus diesem Grund geben sie sich in einer Beziehung meist nahezu selbst auf. Sie wollen unter allen Umständen, dass der Partner bei ihnen beleibt. Aus diesem Grund akzeptieren sie auch Gefühlsschwankungen und -ausbrüche.

Es ist zu beobachten, dass Töchter narzisstischer Mütter häufig auch einen Narzissten als Partner wählen. In unseren Beziehungen suchen wir meist nach Partnerschaften, die den Partnerschaften unserer Eltern ähneln. Wir suchen nach etwas, das wir kennen und uns ein Gefühl der Sicherheit gibt – in positiver oder auch negativer Weise.

Durch den jahrelangen emotionalen Missbrauch durch die narzisstische Mutter wurde ein Reaktionsmuster auf den Missbrauch durch die Tochter erschaffen. Dieses Muster, so sehr es sich auch unangenehm anfühlt, gibt das Gefühl von Sicherheit und Stärke. Aufgrund dieses Reaktionsmusters, das die Töchter jahrelang geübt haben und das vertraut ist, wählen sie häufig einen Narzissten als Partner.

Sie hoffen bei diesem Mann eine Lösung zu finden. Eine Lösung, mit der sie nicht nur den Mann, sondern auch die Mutter erreichen können. Die Töchter können also gar nicht anders als sich einen narzisstischen Partner zu suchen – sie haben es nicht anders gelernt. Und so werden auch viele verbale Missbrauchs-Aussagen nicht als solche wahrgenommen. Für sie ist es normal. Und es ist auch normal zu lieben, ohne zurückgeliebt zu werden.

Der implantierte Gedanke der narzisstischen Mutter lässt sie vermuten, dass sie es verdient haben, schlecht behandelt zu werden und das jeder Fehler bei ihnen liegt.

Erschwerend kommt hinzu, dass Töchter narzisstischer Mütter natürlich auch das ideale Opfer für Narzissten sind und von diesen auch als solche wahrgenommen werden. Denken Sie zurück an das Kapitel »***Der Treibstoff von Narzissten: Aufmerksamkeit und Kontrolle um jeden Preis***«, als wir davon sprachen, dass Narzissten sehr sensible Antennen haben. Wie ein Tier auf Beutejagd, nehmen Narzissten ihre Opfer schon frühzeitig wahr.

Töchter, die es nicht schaffen die Antriebskraft zu aktivieren, um einen Partner zu finden, der ihnen Vertrauen, Wertschätzung Liebe, Unterstützung, Nähe, Empathie und Bestärkung entgegenbringt, befinden sich in einem Teufelskreis, aus dem es kein Entkommen zu geben scheint.

KAPITEL 5

Verhaltensregeln im Umgang mit einer narzisstischen Mutter

Sicherlich haben Sie sich in vielen Aussagen dieses Buches wiedererkannt. Sie wissen, wie verletzend eine Mutter sein kann, die an einer narzisstischen Persönlichkeitsstörung leidet. Und Sie wissen auch, wie sehr das eigene Selbstwertgefühl darunter leidet.

Was tut man aber nun, wenn man täglich der Willkür der narzisstischen Mutter ausgesetzt ist? Wie soll man sich als Tochter verhalten und wie vor allem wehren? Die Antworten auf diese Fragen finden Sie in dem folgenden Kapitel.

1. Grundvoraussetzung für den Umgang mit einer narzisstischen Mutter: Wissen

Die Informationen auf den vorangegangenen Seiten haben Ihnen ein Gefühl für das Thema Narzissmus gegeben. Sie wissen, dass Sie keinen Fehler gemacht haben. Es ist und war also nicht Ihre Schuld, dass Sie keine mütterliche Liebe und Zuneigung erhalten haben. Dieses Verständnis bildet die Grundlage für Ihr zukünftiges Verhalten im Umgang mit Ihrer narzisstischen Mutter.

Übertrieben gesagt: Sie müssen wissen, womit Sie es zu tun haben, damit Sie angemessen darauf reagieren können. Den Narzissmus zu erkennen und sich den emotionalen Missbrauch durch die eigene Mutter einzugestehen, ist der wichtigste Punkt für einen richtigen Umgang mit den noch kommenden Situationen. Lassen Sie uns nachfolgend verschiedene Situationen etwas genauer beleuchten.

Entwertung

»*Du bist nichts.*«

»*Du kannst nichts.*«

»*Du wirst nie etwas in deinem Leben erreichen.*«

»*Das kann ja ein Affe besser.*«

Kommen Ihnen diese Aussagen bekannt vor? Narzisstische Mütter konfrontieren die eigenen Kinder mit solchen oder ähnlichen Aussagen täglich. Den Schmerz, den sie selbst im Inneren spüren, versuchen die Mütter durch die Entwertung der Kinder zu kompensieren. Dabei verpacken sie Entwertungen auch oftmals sehr geschickt in Witze oder Aussagen, die auf den ersten Blick nicht als Angriff zu erkennen sind.

Sie werten auf diese Weise nicht nur das eigene Selbst wieder auf, sondern erschaffen sich zudem eine emotionale Unabhängigkeit. Ihrer Mutter ist es in dieser Situation vollkommen egal, dass sie Sie damit verletzt.

Um die Entwertungen, mit denen Sie bereits seit der Kindheit konfrontiert werden, nicht weiter an sich heranzulassen, sollten Sie auf Ihr eigenes Wohlbefinden achten. Schützen Sie sich selbst. Das kann im ersten Moment vielleicht ungewohnt für Sie sein, aber es ist notwendig, um nicht weitere seelische Verletzungen davonzutragen. Sie müssen die Entwertung einfach an sich abprallen lassen. Sie sind nicht das, was Ihre Mutter in Ihnen sieht – Sie sind viel mehr! Wenn Sie nicht mental in der Lage sind, sich selbst zu schützen, verlassen Sie einfach die Situation – gehen Sie in einen anderen Raum oder spazieren. Egal, was Sie tun – Hauptsache Sie schützen sich selbst.

Liebesentzug und Manipulationstechniken

Ihre Mutter ist eine wahre Meisterin der Manipulation und sicherlich wird sie Sie in der Vergangenheit auch mit Liebesentzug bestraft haben. Auf eine sehr perfide Weise hat Ihre Mutter in den letzten Jahren Ihr Grundbedürfnis nach Zuwendung, Anerkennung und Wertschätzung für sich und ihre Spielchen ausgenutzt.

In diesem Fall ist es wichtig, dass Sie sich von Ihrer Mutter nicht zu sehr isolieren lassen. Sie brauchen den Kontakt zu anderen Menschen, seien es Freunde, Bekannte oder andere Familienangehörige. Ihre Mutter darf keinen Keil zwischen Sie und andere Menschen treiben. Denn das gehört zu ihrer Taktik: Je weniger soziale Kontakte Sie haben, umso mehr sind Sie auf die Aufmerksamkeit Ihrer Mutter angewiesen. Suchen Sie sich also Menschen, mit denen Sie reden können und die Sie aufbauen.

Geltungsdrang und die Sucht nach Drama

Die Inszenierung ist eine weitere Eigenschaft, die Ihre Mutter perfekt beherrscht. Sie kann, sprichwörtlich, aus der Mücke einen Elefanten machen. Dabei reicht schon etwas ganz Banales, um Sie fertigzumachen – und das am besten auch noch vor Publikum. Während sich Ihre Mutter an dem Hochgefühl laben kann, dass sie durch ihr Verhalten erzeugt hat, sinkt Ihr Selbstwertgefühl immer weiter in den Keller.

Und auch der ständige Geltungsdrang und sich in den Vordergrund zu spielen, kann für die Tochter einer narzisstischen Mutter zur Qual werden. Gab es in der Vergangenheit Situationen, in denen sich Ihre Mutter, aus Ihrer Sicht, vollkommen danebenbenommen und

Sie vielleicht sogar blamiert hat? Vielleicht in der Schule bei einer Aufführung oder Veranstaltung? Sie wissen ganz genau, wie es sich anfühlt, bewusst von der eigenen Mutter in den Schatten gestellt zu werden.

Da Ihre Mutter mit Kritik nicht umgehen kann, wird Ihnen in solchen Situationen nichts anderes übrigbleiben als diese zu verlassen. Wenn Sie spüren, dass Sie die Situation unheimlich stark belastet, gehen Sie einfach.

Vorwürfe und Schuldgefühle

Für Ihre Mutter sind immer Sie schuld. Schließlich ist sie perfekt und wenn nicht die eigene Tochter Schuld hat, dann eben jemand anderes. Narzisstische Mütter leben in ihrer eigenen Welt und fühlen sich vollkommen frei von jeglicher Schuld, selbst wenn diese eindeutig nicht von der Hand zu weisen ist. Es liegt in der Natur der Narzissten gerne Schuldgefühle bei anderen Menschen zu erzeugen. Denn so werden diese verunsichert und zum Schweigen gebracht. Anschließend kann der Narzisst seine Opfer leichter manipulieren.

Hören Sie sich die Aussagen zu den Schuldgefühlen und die Vorwürfe einfach an, ohne diese auf sich wirken zu lassen. In der jetzigen Situation ist eine Konfrontation mit Ihrer Mutter nicht möglich. Sie wird jegliche Schuld von sich fernweisen und Sie als verrückt darstellen. Ein solcher Konflikt kostet Sie einfach nur unheimlich viel

Kraft. Sie wissen, dass die Vorwürfe und Schuldgefühle Ihrer Mutter haltlos sind.

Emotionale Gewalt

Viele Töchter narzisstischer Mütter beschreiben die emotionale Gewalt als besonders verletzend und prägend. Ein Schlag oder andere körperliche Gewalt schmerzt im Moment, aber Gewalt in Form von Worten hinterlässt lebenslange Spuren. Insbesondere wenn diese von einer vermeintlichen Bezugsperson stammt. Das Gesagte verbleibt oftmals auch nach Jahren noch in den Köpfen der Opfer.

Um sich aus dieser Gewaltspirale zu befreien, ist es wichtig, dass Sie erkennen, dass nichts von dem Gesagten der Wahrheit entspricht und Sie sich in einer ungesunden und destruktiven Mutter-Tochter-Beziehung befinden.

Psychospiele

Auch Mind Games genannt sind beliebte Methoden von Narzissten, um das Opfer einzuschüchtern und sprichwörtlich verrückt zu machen. Vielleicht ist Ihnen aufgefallen, dass Ihre Mutter über ein sehr schlechtes Gedächtnis verfügt: Sie vergisst Termine oder Abmachungen. Da sie dafür aber keine Verantwortung übernehmen will oder kann, schiebt sie die Schuld auf andere. Sie suggeriert vielleicht sogar Ihnen, dass Sie etwas vergessen haben. Durch diese Verschiebung der Schuld zweifeln Sie an sich selbst. Narzissten sind Meister darin, die Wahrheit und Tatsachen zu verdrehen. Das Gegenüber wird dann stets die eigene Wahrnehmung hinterfragen und beginnen den Verstand zu verlieren.

Auch Gaslighting gehört zu den Psychospielen der Narzissten. In diesem Fall werden die eigenen Erinnerungen verzerrt oder verdreht. Bekannt wurde der Begriff durch den 1944 erschienen Film »Gas Light«. In diesem manipuliert ein Mann das Gaslicht des Hauses, in dem er mit seiner Frau lebt. Mit Absicht erzeugt er unheimliche Geräusche im Haus und leugnet gegenüber seiner Frau das Vorhandensein der Phänomene. Mit der Zeit macht er seiner Frau immer mehr glaubhaft, dass sie sich alles nur einbildet, woraufhin sie vollkommen den Verstand verliert.

Psychospiele können ganz unterschiedliche Charaktere haben und verschiedene Ziele verfolgen. Aber immer, wenn Sie beginnen, sich unwohl zu fühlen, hat das Spiel bereits begonnen. Sie müssen dieses Spiel aber nicht mitspielen. Reagieren Sie mit Freundlichkeit. Das ist die beste Waffe. Verzichten Sie auf Wut und Aggressionen, denn Gewalt erzeugt meist Gegengewalt.

Teilen Sie Ihrer Mutter auf eine freundliche Weise mit, dass Sie eine andere Sichtweise haben. So können Sie ihr ein wenig den Wind aus den Segeln nehmen. Mit Rechtfertigungen oder Verteidigungen werden Sie bei einer narzisstischen Mutter nicht weitkommen. Versuchen Sie in diesem Fall auch auf Ihre Körperhaltung zu achten. Sie dürfen keine Unsicherheit oder Nervosität, beispielsweise durch Zappeln oder Kratzen am Kopf, zeigen.

Machen Sie sich bewusst, dass zu einem Spiel immer zwei gehören. Spielen Sie den Ball, den Ihre Mutter Ihnen zuwirft, nicht zurück, ist das Spiel direkt beendet. Versuchen Sie nicht auf das Psychospiel einzugehen, selbst wenn es noch so verletzend oder kränkend ist. Denn dieses Spiel können Sie definitiv nicht gewinnen.

Silent Treatment

Das strafende Schweigen der Narzissten. Mit dieser Technik möchte Ihre Mutter Sie verunsichern oder Sie zu einem Verhalten verleiten, das sie sich von Ihnen wünscht. Vor allem Kinder leiden unter dem Silent Treatment enorm. In jungen Jahren kann man noch nicht einschätzen, was genau passiert. Ein Gefühl der Ohnmacht kommt auf, wenn die Mutter auf einmal nicht mehr seelisch anwesend ist. In dem Kind kann es zu Ängsten und sogar Überlebensängsten kommen.

Hier ein Ausschnitt aus den Erfahrungen einer weiteren betroffenen Person:

»Ich erinnere mich an eine weitere Situation mit meiner Mutter. Sie wechselte ganze 14 Tage lang kein Wort mit mir. Ich jedoch wusste nicht mal, was ich getan haben soll. Anschließend entgegnete mein Vater, ich solle mich doch nun endlich bei meiner Mutter entschuldigen, ansonsten gäbe es ein Donnerwetter. Sodann entschuldigte ich mich bei meiner Mutter, obwohl ich gar nicht wusste, wofür ich mich überhaupt entschuldigte. Daraufhin fragte mich meine Mutter, wofür ich mich denn entschuldige, worauf ich entgegnete, dass ich es nicht weiß. Daraufhin offenbarte sie mir, dass ich etwas Schlimmes über sie gesagt hätte und sie dies durch meinen Bruder erfahren hat. Seit diesem Tag hat meine Mutter mit mir nie mehr über die Situation gesprochen. Auch mein Bruder wurde von ihr nicht zur Rede gestellt.«

Vielleicht werden Sie auch heute noch mit dem Silent Treatment ihrer Mutter »bestraft«, wenn Sie beispielsweise einer anderen Meinung sind, sie zur Rede stellen oder mit ihr über ein wichtiges Thema sprechen wollen, sie das aber nicht möchte. Narzissten greifen auch gerne mal auf das strafende Schweigen zurück, wenn sie von einer anderen Person auf einen Fehler, den sie begangen haben, hingewiesen werden.

Was können Sie in solch einem Fall tun? Nichts! Lassen Sie Ihre Mutter einfach schweigen. Verlassen Sie die

Situation und kümmern Sie sich nicht weiter darum. Je mehr Sie versuchen, Ihre Mutter aus dem Schweigen zu holen, umso abhängiger machen Sie sich von ihr. Sie sind kein Kind mehr und Sie sind auch nicht mehr darauf angewiesen, dass sich Ihre Mutter um Sie kümmert.

Ghosting

Das Ghosting kennen viele Menschen vor allem aus der Partnersuche. Es beschreibt den kompletten Kontaktabbruch zu einer anderen Person. Aber auch narzisstische Mütter können ghosten. Für die meisten Töchter kann dies im ersten Moment etwas verstörend wirken. Denn der Grund für das Ghosting der Mutter lässt sich nicht immer erkennen.

Wenn Ihre Mutter den Kontakt zu Ihnen, ohne ersichtlichen Grund abbricht, sollten Sie diese Entscheidung akzeptieren. Selbst wenn es im ersten Moment schwerfällt. Vielleicht liegt genau in dieser Aktion Ihre Chance endlich aus dem Teufelskreis der toxischen Mutter-Tochter-Beziehung zu entfliehen.

Lügen und verdrehte Wahrheiten

Das krankhafte Lügen sowie das Verdrehen von Wahrheit werden für Sie als Tochter einer narzisstischen Mutter leider zum Alltag gehören. Denn auf Lügen basieren nun einmal zahlreiche Manipulationstechniken der Narzissten.

Und auch der eigene Geltungsdrang kann nur mit Unwahrheiten und Aufbauschungen gestillt werden. Die krankhaften Lügen einer narzisstischen Mutter lassen sich jedoch durch folgende Merkmale sehr leicht enttarnen:

- Es gibt keine Zeugen oder Beweise für die Aussage. Auch die Möglichkeit einer Gegendarstellung ist nicht möglich.
- Es lassen sich inhaltliche oder auch chronologische Widersprüche in den verschiedenen Versionen einer Geschichte finden.
- Bei expliziten Nachfragen wird ausgewichen und mögliche Einwände werden einfach ignoriert.
- Die Geschichte wird in einer dominanten und gestenreichen Art vorgetragen.
- Sofern Kritik aufkommt, wird gegen diese in übertriebener Weise vorgegangen.

Sie werden es jedoch nicht schaffen, Ihre Mutter einer Lüge zu bezichtigen. Durch das überzeugende Vortragen der unwahren Geschichten werden im ersten Moment keine zwanghaften Lügen zu erkennen sein. Und Sie können eine Lüge auch nur mit einem entsprechenden Beweis entkräften. Ihre Mutter wird sich jedoch im Falle des Verdachtes auf eine Lüge oder deren Aufdeckung gut zu helfen wissen. So kann es auch sein, dass sie blitzschnell eine neue Lüge erfindet und Ihre möglichen Beweise zunichtemacht.

Besser: Sie belassen die Situation einfach so, wie sie im Moment ist. Sie kennen die Wahrheit und das muss jetzt erst einmal genügen.

Flying Monkeys

In der Narzissmus-Szene ist der Begriff der »Flying Monkeys« weit verbreitet. Es handelt sich hierbei um Menschen, die den Narzissten unterstützen. Dabei ist diesen Menschen ihr Handeln oftmals gar nicht bewusst und nur selten sind sie selbst narzisstisch veranlagt. Allerdings werden die fliegenden Affen pausenlos durch den Narzissten manipuliert.

Vielleicht gibt es auch in Ihrem Umfeld Flying Monkeys Ihrer Mutter. Das kann die Nachbarin, Arbeitskollegin oder auch die Freundin sein. Wir können die fliegenden Affen also als kleine Helferlein der narzisstischen Mutter betrachten. Sie kommen unerwartet aus ihrer Deckung und schießen dann mit der gleichen Intensität auf das Opfer, wie die Mutter.

Sie als Opfer haben in solch einem Moment noch mehr das Gefühl, vollkommen allein und unverstanden zu sein. Sie reden sich vielleicht auch ein, dass die schlechte Mutter-Tochter-Beziehung Ihre Schuld ist und Sie sich einfach nur ein wenig mehr um Ihre Mutter kümmern müssen. Vollkommen vereinnahmt von Ihrer narzisstischen Mutter sind die Flying Monkeys geblendet und nicht in der Lage, die Realität zu erkennen.

Sie dürfen den fliegenden Affen keinen Raum geben. Setzen Sie Grenzen und brechen Sie den Kontakt ab. Sie müssen sich nicht mit Menschen umgeben, die nicht gut für Sie sind. Niemand kann Sie zwingen, den Kontakt zu toxischen Menschen aufrechtzuerhalten.

2. Werde ich jemals ein normales Verhältnis zu meiner Mutter haben?

Eine Frage, die sich viele Töchter während des Heranwachsens stellen. Die schlechte Nachricht ist jedoch: Solange sich Ihre Mutter nicht aus freien Stücken in eine Therapie begibt, wird sie ihre Erwartungshaltung gegenüber Ihnen niemals ablegen. Sie wird immer der Meinung sein, dass Sie ihr etwas schuldig sind, da sie Ihnen das Leben geschenkt hat.

Lassen Sie den Gedanken los, dass Sie eines Tages die Mutter bekommen werden, die Sie sich immer gewünscht haben und die Sie aus Erzählungen von anderen oder aus Filmen kennen. Sie werden Ihre Mutter nicht ändern können! Das sollte auch nicht Ihr Ziel sein. Ihr Ziel ist es jetzt, sich aus dem toxischen Spinnennetz Ihrer narzisstischen Mutter zu befreien und ein selbstbestimmtes und glückliches Leben zu führen. Sie müssen es schaffen Ihrer Mutter die

Macht über Ihr Leben und Ihre Gedanken zu entreißen, während Sie zeitgleich versuchen, die seelischen Wunden der Vergangenheit zu heilen.

KAPITEL 6

Brechen Sie aus! Die Abgrenzung von der narzisstischen Mutter

Genau jetzt ist der richtige Zeitpunkt, um sich aus dem narzisstischen Spinnennetz Ihrer Mutter zu befreien. Nur so können Sie es schaffen, ein glückliches und selbstbestimmtes Leben zu führen – ohne die psychische und physische Anteilnahme Ihrer Mutter. Haben Sie dabei immer im Hinterkopf, dass die Biografie und die frühe Prägung Ihre Mutter sie zu der Person gemacht haben, die sie heute ist. Sie versucht durch ihre narzisstische Persönlichkeitsstörung ihre Defizite auszugleichen. Das narzisstische Selbst Ihrer Mutter hat seinen Ursprung in ihrer Kindheit und dient als Überlebensmechanismus. Aufgrund der Verletzungen, die durch Ihren emotionalen Missbrauch entstanden sind, kann es schwer sein, diese Tatsache zu akzeptieren.

Durch die vorangegangenen Informationen aus diesem Buch können Sie sich das Verhalten Ihrer Mutter aber nun erklären. Und eine Erklärung benötigen Sie für Ihre persönliche Erkenntnisarbeit. Betrachten Sie die Erklärungen bezüglich des Verhaltens Ihrer Mutter nicht als Entschuldigung. Denn es kann niemals eine Entschuldigung für den emotionalen Missbrauch geben.

Das Erkennen der narzisstischen Persönlichkeitsstörung der Mutter ist nicht nur wichtig, um richtig damit umgehen zu können. Es ist auch elementarer Bestandteil der eigenen Selbstheilung.

Sie wissen aus eigener Erfahrung, wie anstrengend und kraftraubend der Kontakt und Umgang mit Ihrer Mutter sein kann. Wie sehr die eigene Lebensfreude unter jeder Begegnung leidet. Mit jedem Tag, der vergeht, wird die seelische Belastung größer und irgendwann zeigen sich auch die ersten körperlichen Anzeichen des emotionalen Missbrauchs.

Durch das Erkennen der narzisstischen Persönlichkeitsstörung verschaffen Sie sich jedoch eine enorme Erleichterung. Sie können die mögliche Last der Schuld von Ihren Schultern nehmen und erkennen, dass alles einen Sinn ergibt. Der Heilungsprozess wird eine ganze Weile dauern, aber Sie können mit einem Schlag das Leid beenden und haben neue Perspektiven. Sie werden vielleicht sogar die Familienstruktur in einem ganz anderen Licht sehen. Im Umgang mit anderen Betroffenen wird es für Sie erleichternd sein, Ihre eigene Sichtweise, Situationen oder Erfahrungen zu schildern. Sie werden merken, dass Sie nicht allein sind. Aber all dies erfordert im ersten Schritt, dass Sie den Narzissmus Ihrer Mutter erkennen und akzeptieren.

1. Die Konfrontation mit der Mutter

Wenn Sie sich der narzisstischen Persönlichkeitsstörung Ihrer Mutter sicher sind, liegt es natürlich nahe, dass Sie Ihre Mutter mit dieser Erkenntnis konfrontieren möchten. Für diesen großen Schritt ist nicht nur der richtige Zeitpunkt wichtig, sondern vor allem ein gestärktes Selbstbewusstsein. Aus eigenen Erfahrungen wissen Sie, wie verletzend Ihre Mutter sein kann. Ihre Mutter will von Ihnen nicht hören, dass sie einen Fehler gemacht hat oder dass sie nicht so großartig ist, wie sie es von sich selbst denkt. Sie wird alles, was Sie sagen, abstreiten. Und dabei werden Sie die innere Leere und Kälte zu spüren bekommen.

Geben Sie sich bitte auch nicht dem Trugschluss hin, dass sich Ihre Mutter aufgrund Ihrer Erkenntnis ändern wird. Das wird einfach nicht passieren!

Viele Betroffene, die die Erkenntnis erlangt haben, dass die eigene Mutter an einer narzisstischen Persönlichkeitsstörung leidet, konfrontieren diese zu schnell und zu leichtfertig mit der Tatsache. Und gleichzeitig hoffen sie, dass sich die Mutter in eine Therapie begibt, um das destruktive Verhalten abzustellen. Schließlich liebt doch jede Mutter ihr Kind, weil dies ein Urinstinkt ist. Doch leider folgt schon sehr bald die Ernüchterung. Narzisstische Mütter haben den genannten Urinstinkt nicht. Die Persönlichkeitsstörung sorgt dafür, dass das eigene Kind mit anderen Augen gesehen wird. Und somit wird es Ihrer Mutter vollkommen egal sein, ob Sie es für richtig halten, dass sie sich in eine Therapie begibt.

Sie sieht diese Aussage vielmehr als eine Kampfansage an und wird sprichwörtlich gegen Sie in den Krieg ziehen. Ihre Mutter wird den Vorschlag der therapeutischen Behandlung vollkommen außeracht lassen. Denn diese Idee stammt nicht von ihr selbst und stimmt auch nicht mit ihren Überzeugungen überein.

Sie kann Ihren Vorschlag also schlichtweg gar nicht annehmen. Denn in diesem Fall würde sie das Gefühl haben, keine eigenen Kompetenzen zu besitzen und Ihnen unterlegen zu sein. In ihr breitet sich das Gefühl aus, klein zu sein. Denn Sie haben die Lösung gefunden und nicht Ihre Mutter. Sie werden von Ihrer Mutter als besser und klüger wahrgenommen. Und genau das will und kann sie einfach nicht zulassen. Sie wird also Ihr Gedankengut niemals tolerieren.

Hinzu kommt die Tatsache, dass Ihre Mutter vollkommen davon überzeugt ist, dass sie keine Fehler macht und jede

Situation unter Kontrolle hat. Stellen Sie sich vor, Sie treten Ihrer Mutter gegenüber und sagen: *»Ich denke, dass du unter einer narzisstischen Persönlichkeitsstörung leidest.«*

In diesem Moment erschüttern Sie das komplette Weltbild Ihrer Mutter. Sie suggerieren ihr, dass sie für die Schwierigkeiten innerhalb der Familie verantwortlich ist, während sie standhaft die Meinung vertritt, die perfekte Mutter zu sein und in jeder Situation alles richtig zu machen. Sie stellen mit dieser Aussage ihre Fähigkeiten in Frage.

Eine unbedachte Konfrontation Ihrer Mutter kann dazu führen, dass diese sich in die Ecke gedrängt fühlt und entsprechend reagiert. Sie wird mit hoher Wahrscheinlichkeit versuchen, Ihnen die Schuld zu geben und Ihnen stattdessen empfehlen eine Therapie zu machen. Denn schließlich habe sie sich ja all die Jahre für Sie aufgeopfert und war stets eine gute Mutter.

Und wahrscheinlich wird Ihre Mutter auch sehr wütend werden. Denn schließlich unterstellen Sie ihr, dass sie nicht normal ist. Ihre Mutter sieht sich selbst jedoch als perfekte, grandiose Frau ohne jeglichen Makel. Sie ist die mächtigste und stärkste Person innerhalb der Familie.

Mit Ihrer Konfrontation kratzen Sie das Selbstbild Ihrer Mutter an. Und das wird sie definitiv nicht auf sich beruhen lassen. Sie werden einen Sturm der Entrüstung zu spüren bekommen. Sorgen und Gefühle werden bagatellisiert und sie wird nicht müde werden, immer wieder zu betonen wie sehr sie sich für Sie aufgeopfert hat.

Sie wird behaupten, dass Ihre Informationen bezüglich des Themas nicht der Wahrheit entsprechen und diese widerlegen. Ihnen wird unterstellt, die Situation vollkommen falsch einzuschätzen, um von sich selbst und dem eigenen Fehlverhalten abzulenken.

Sie glauben gar nicht, wie viele Töchter auf diese Weise versucht haben, die eigene Mutter zu einer Therapie zu bewegen und am Ende selbst beim Therapeuten saßen. Die narzisstischen Mütter haben die eigenen Töchter derart in der Selbstwahrnehmung verunsichert, dass sie selbst nach dem Erkennen der narzisstischen Persönlichkeitsstörung der Mutter glauben, den Verstand zu verlieren.

Sie wissen, wie geschickt Ihre Mutter die Tatsachen verdrehen kann. Eindeutige Sachverhalte, wie eine narzisstische Persönlichkeitsstörung, lassen sich so in das Gegenteil umkehren. Sie müssen mit Ihrer Erkenntnis also vorsichtig sein und dürfen Ihre Mutter nicht unbedarft mit der narzisstischen Persönlichkeitsstörung konfrontieren.

Denn diese Wahrheit wird Ihre Mutter höchstwahrscheinlich nicht akzeptieren. Sie wird Ihnen nicht zuhören und auch Ihre Meinung nicht ernstnehmen. Denn Ihre Mutter wird niemals in der Lage sein, sich selbst oder

Geschehenes zu reflektieren. Das bedeutet für Sie immer wieder enorme seelische Verletzungen. Es wird also unter Umständen niemals zu einer gütlichen Einigung zwischen Ihnen beiden kommen.

Stattdessen sollten Sie Ihre narzisstische Mutter so annehmen, wie sie ist. Sie werden Sie nicht ändern können. Informieren Sie sich weiter über das Thema und sprechen Sie vor allem auch mit anderen Betroffenen. Das hilft nicht nur, die Situationen und die eigene Mutter besser zu verstehen, sondern vor allem auch bei der Selbstheilung. Verschaffen Sie sich einen Überblick darüber, wie gut Ihr eigenes Selbstwertgefühl ist und über welche psychischen und physischen Kraftreserven Sie noch verfügen.

2. Setzen Sie Grenzen

Auch wenn Sie Ihre Mutter mit Ihrer Erkenntnis nicht konfrontieren können, ist es dennoch möglich sich Stück für Stück von ihr zu befreien und zu lösen. Setzen Sie Grenzen! Dies kann beispielsweise bedeuten, dass Sie den Kontakt zu Ihrer Mutter ganz abbrechen oder eine gesunde Distanz wahren.

Egal, für was Sie sich entscheiden, das Setzen solcher Grenzen wird immer mit Ängsten verbunden sein. Denn Grenzen zu ziehen, bedeutet auch immer wieder Konsequenzen zu tragen. Bevor Sie Grenzen setzen, werden Ihnen vielleicht Gedanken wie

»Ich werde einsam sein und habe keine Mutter mehr.«

»Meine Wurzeln und meine Identität werden mir fehlen, wenn ich meiner Mutter den Rücken kehre.«

in den Sinn kommen.

Unter Umständen werden genau diese Ängste Sie über einen sehr langen Zeitraum davon abhalten, eine Entscheidung zu treffen. Um aus dieser toxischen Beziehung herauszukommen, ist es nötig, sich über diese Aspekte Gedanken zu machen. Doch warum ist es gerade jetzt für Sie so wichtig Grenzen zu setzen?

3. Die Notwendigkeit des Selbstschutzes

All die Jahre haben Sie im Schatten Ihrer Mutter gelebt. Sie konnten kein eigenes Ich entwickeln. Nicht den Dingen nachgehen, für die Sie sich interessiert oder begeistert haben. Ihr gesamtes bisheriges Leben bestand daraus, die narzisstische Zufuhr Ihrer Mutter sicherzustellen. Aber wo bleiben Sie?

Durch das Setzen von Grenzen definieren Sie Ihre eigene Persönlichkeit. Sie möchten und wollen eigene Dinge. Und das ist auch gut so. Denn auf diese Weise werden Sie einzigartig und besonders. Sie werden zu einer eigenständigen Person, mit eigenem Charakter, Persönlichkeit und individuellen Bedürfnissen und Wünschen.

Wenn Sie beginnen, Grenzen zu setzen und diese auch vertreten, schützen Sie nicht nur sich selbst, sondern Sie sind sich auch im Klaren darüber, was Sie wollen. Aber Grenzen sind auch noch aus einem ganz anderen Aspekt wichtig: Auf diese Weise unterscheiden Sie sich im Vergleich zu anderen Personen. Und das ist ein elementarer Baustein zum Errichten der eigenen Persönlichkeit.

Jeder Mensch braucht Grenzen – um sich selbst zu schützen und sich frei von jeglichem Ballast zu machen, der einem im Weg steht und daran hindert, das Leben zu führen, das man eigentlich möchte. Mit klaren Grenzen schützen Sie sich selbst und kommen so der eigenen Selbstliebe und Zufriedenheit ein großes Stück näher.

4. Was passiert, wenn ich Grenzen setze?

Stellen wir uns einmal vor, Sie ziehen eine Grenze und signalisieren Ihrer Mutter damit, dass Sie nicht mehr 24 Stunden am Tag für sie da sind. In diesem Fall kann es durchaus vorkommen, dass Ihre Mutter von heute auf morgen den Kontakt zu Ihnen abbricht. Aus Ihrer Sicht haben sie vielleicht nur Kleinigkeiten verändert – Ihre Mutter, aus der narzisstischen Sicht, hat dies jedoch ein wenig anders wahrgenommen. Sie bekommt von Ihnen also nicht mehr die narzisstische Zufuhr, die sie gewohnt ist. Ihre Mutter verliert also schlichtweg das Interesse an Ihnen. Dieser Cut kann im ersten Moment für Sie sehr schockierend sein.

Auf der anderen Seite kann es jedoch auch sein, dass Ihre narzisstische Mutter Sie halten möchte, sofern Sie beginnen, Grenzen zu ziehen. Dazu nutzt Sie verschiedene Möglichkeiten wie emotionale Erpressung, den narzisstischen Tanz und das schlechte Gewissen.

Nehmen wir als Beispiel, dass Sie gerade mit Ihrer Mutter telefonieren. Es kommt ein Thema zur Sprache, mit dem Ihre Mutter Sie emotional verletzen will. Wenn Sie daraufhin Ihrer Mutter in einem klaren und sachlichen Ton mitteilen, dass Sie über dieses Thema nicht mehr sprechen möchten, wird Ihre Mutter versuchen Sie emotional zu erpressen – sie beginnt beispielsweise zu weinen. Durch das Wissen um die narzisstische Persönlichkeitsstörung werden Sie jedoch sehr schnell erkennen, dass dieses Weinen nach kurzer Zeit aufhört. Über die ausgesendeten Emotionen ihrer Mutter wird versucht, Sie wieder in die alte Position zu drücken.

Es kann zudem auch passieren, dass Ihre Mutter einen Schritt auf Sie zugeht, weil Sie eine Grenze gezogen und somit einen Schritt zurück gemacht haben. Dies wird auch als narzisstischer Tanz bezeichnet. Geht das Opfer des Narzissten einen Schritt zurück, egal in welcher Art und Weise, kommt er genau in diesem Moment einen großen Schritt auf sein Opfer zu. Das macht der Narzisst jedoch nicht aus Nächstenliebe, sondern lediglich, um das Opfer wieder auf den gewohnten Platz zurückzubringen. In dem Moment, wo Sie eine Grenze ziehen und sich einen Schritt von Ihrer Mutter distanzieren, kommt sie mit etwas um die Ecke, das Sie sich vielleicht schon immer von Ihrer Mutter gewünscht haben.

Und auch das Einreden eines schlechten Gewissens wird Ihre Mutter unter Umständen nutzen, um Sie zu halten. Sie wird Ihnen erzählen wie schlecht es ihr gerade geht oder dass sie schon alt ist und sie braucht.

Wenn Sie einmal beginnen, Grenzen zu setzen, sollten Sie daran auch festhalten. Sie dürfen sich nicht beirren und vor allem auch von Ihrer Mutter nicht zurückholen lassen. Insbesondere die emotionalen Themen können das ganze Unterfangen erschweren. Es ist aber wichtig, dass Sie Grenzen setzen und darauf achten, welches Umfeld Ihnen guttut und welches nicht.

Das Setzen von Grenzen kann zu einer echten Herausforderung werden, keine Frage. Um es dennoch gekonnt realisieren zu können, haben wir Ihnen ein paar Tipps zusammengestellt.

5. Grenzen setzen: So starten Sie in ein neues Leben

»*Bis hierin und nicht weiter.*« Wenn Sie sich zu solch einer Aussage gegenüber Ihrer Mutter entscheiden, können Ihnen die folgenden Tipps helfen.

1 Trauer zulassen

Der schnelle Cut durch die eigene Mutter aufgrund der Grenzen, die Sie gezogen haben, kann sehr schmerzlich sein. Dennoch ist es nötig. Wichtig ist, dass Sie die Trauer zulassen. Diese Trauer wird gepaart mit Enttäuschung. Sie haben sich einfach in Ihrer Mutter getäuscht. Sie ist nicht die Frau und Mutter, die Sie sich immer gewünscht und erhofft haben. Und Sie entspricht nicht dem Bild, das Sie jahrelang von Ihrer Mutter hatten und aufrechterhalten haben. Diese Erkenntnis kann sehr schmerzlich sein. Lassen Sie diesen Schmerz zu und vergraben Sie ihn nicht in Ihrem Unterbewusstsein.

2 Verbringen Sie Zeit mit sich selbst

Sie haben eine Grenze gezogen und Ihre Mutter ganz oder teilweise aus Ihrem Leben entfernt. Das bedeutet auch, dass Sie sich vor allem nicht mehr emotional mit dem Narzissmus Ihrer Mutter beschäftigen müssen. Wer viele Jahre täglich Zeit mit einem Narzissten verbracht hat, weiß wie belastend dies sein kann. Sie werden nun mehr

Zeit für sich selbst haben. Auch diese Tatsache kann im ersten Moment ein wenig Angst machen.

Aber diese Zeit, die Sie mit sich verbringen, kann sehr wertvoll sein. Sie haben die Möglichkeit, sich um sich selbst und um Ihre eigenen Wünsche und Bedürfnisse zu kümmern. Sehen Sie die mögliche Einsamkeit nicht als etwas Negatives an, sondern versuchen Sie die Vorteile wahrzunehmen. Sammeln Sie neue Inspirationen und lernen Sie neue Menschen kennen. Menschen, die Ihnen guttun und die Ihnen vielleicht auch bei der Heilung der seelischen Wunden helfen können.

3: Leben bedeutet Veränderung

Im Leben bleibt nicht alles immer so, wie es ist. Es wird sich stetig verändern und das ist auch gut so. Haben Sie diesen Aspekt immer im Hinterkopf. Auch Sie werden sich verändern. Sie brauchen Menschen, die Sie spiegeln und von denen Sie gespiegelt werden. Nur auf diese Weise können beide Seiten wachsen. Und Spiegelungen helfen dabei, dass auch Beziehungen jeglicher Art wachsen können. In der Beziehung zu Ihrer Mutter war dies nicht der Fall. Aber diese Beziehung liegt nun in der Vergangenheit und Sie richten Ihren Blick nur nach vorne und schauen nicht mehr zurück.

Die Entscheidung Grenzen zu setzen, ist eine Sache. Wenn Sie sich dazu entschließen, stellt sich die Frage, ob Sie den

Kontakt zu Ihrer Mutter ganz abbrechen oder nur eine gesunde Distanz wahren.

Eine Entscheidung treffen - Kontaktabbruch oder nur gesunde Distanz?

Um es gleich einmal vorweg zu nehmen: Diese Entscheidung kann Ihnen wirklich niemand abnehmen. Es sollte außer Frage stehen, dass Ihre Beziehung und der Kontakt zur Ihrer Mutter nicht so weiter bestehen kann, wie es vielleicht jetzt noch der Fall ist.

Sie waren viele Jahre die perfekte Quelle der narzisstischen Zufuhr Ihrer Mutter. Mit einer Geste, einem Blick oder einer Veränderung der Stimmlage hat Ihnen Ihre Mutter eindrucksvoll Schuld oder Schamgefühle signalisiert. Ihre Aufgabe bestand dann meist darin, Ihrer Mutter die benötigte und erhoffte Aufmerksamkeit zu schenken. Töchter narzisstischer Mütter sind für diese eine verlässliche Quelle der Aufmerksamkeit. Behalten Sie diesen Aspekt immer im Hinterkopf, um die mögliche Reaktion Ihrer Mutter auf den reduzierten Kontakt oder den vollständigen Kontaktabbruch zu verstehen.

Doch was bedeutet nun eine gesunde Distanz oder ein Kontaktabbruch?

Entscheiden Sie sich für eine gesunde Distanz zu Ihrer

Mutter, verringern Sie den Kontakt auf das Wesentliche und Nötigste. Keine täglichen oder wöchentlichen Telefonate. Man sieht sich vielleicht nur noch zu bestimmten Anlässen oder Familienfeiern. Die gesunde Distanz legen ganz allein Sie fest. Was tut Ihnen gut und was nicht? In den meisten Fällen spielt die Mutter in diesem Fall keine große Rolle mehr im eigenen Leben.

Auf diese Weise schaffen Sie eine emotionale Distanz und setzen zeitgleich Grenzen. Dazu müssen Sie die gesetzten Grenzen aber selbst auch einhalten. Ihre Mutter darf also nicht einfach unangemeldet bei Ihnen vor der Tür stehen oder erwarten, dass Sie Zeit haben. Ignorieren Sie Ihre Anrufe und machen Sie ihr klar, dass Sie nun nicht mehr 24 Stunden am Tag für sie verfügbar sind.

Sollte eine räumliche Trennung nicht möglich sein, können Sie dennoch eine emotionale Distanz schaffen. Führen Sie Gespräche auf dem Niveau eines Smalltalks und tauschen Sie mit Ihrer Mutter keine privaten Informationen aus. Und versuchen Sie auch Emotionen in den Gesprächen mit Ihrer Mutter zu vermeiden. Kommunizieren Sie mit ihr – aber auf einer kühlen und sachlichen Weise.

Mit dem kompletten Kontaktabbruch tun sich viele Töchter schwer und oftmals wird diese Entscheidung auch nicht leichtfertig getroffen. Haben Sie dabei aber immer im Hinterkopf, dass es vielleicht keine andere Option gibt und Sie allein entscheiden können, mit wem Sie Kontakt haben und mit wem nicht. Sie entscheiden, mit welchen Personen Sie Ihr Leben teilen möchten. Sie schulden Ihrer Mutter nichts. Aber Sie schulden sich selbst, sich um Ihr Wohlbefinden und Ihre Gesundheit zu kümmern.

Entscheiden Sie sich für den Kontaktabbruch, bedeutet dies keine Telefonate, Briefe, Geschenke, Informationen, Treffen, Familienfeiern etc. Es finden keine klärenden Gespräche mehr statt und Sie teilen Ihrer Mutter auch keine wichtigen Ereignisse mit. Aber vor allem nehmen Sie auch keine Entschuldigungen Ihrer Mutter mehr an. Denn damit würden Sie den Missbrauch nur noch weiter fortsetzen.

Um sich den Kontaktabbruch ein wenig zu erleichtern, löschen Sie die Nummer Ihrer Mutter und ändern Sie Ihre Eigene. Entfernen Sie Ihre Mutter aus sozialen Netzwerken.

Auch wenn dieser Schritt vielleicht nicht einfach ist, so ist es für die Meisten doch sehr befreiend und erlösend. Nutzen Sie diesen Neubeginn für Ihr eigenes Wohl und vor allem, um den Heilungsprozess zu beginnen.

Gesunde Distanz oder Kontaktabbruch? Eine Frage, auf die nur Sie die Antwort kennen. Während des Findens nach einer Antwort wird Sie vielleicht der Drang überkommen, sich noch einmal erklären zu wollen oder Sie haben den starken Wunsch, dass sich etwas ändern soll. Sie möchten, dass Ihre Mutter versteht, was sie getan hat und sich vielleicht entschuldigt oder ändert. Mit diesen Gedanken umzugehen kann schwierig sein und Sie werden vielleicht sogar das Gefühl haben ohnmächtig zu werden.

Erinnern Sie sich in solchen Situationen immer wieder daran, dass es nahezu unmöglich ist, dass Ihre Mutter die gewünschte Reaktion zeigen wird. Und Ihre Mutter sollte jetzt auch nicht die oberste Priorität sein. Viel wichtiger ist es, sich selbst zu stärken und zeitgleich den emotionalen Missbrauch zu überwinden.

Grundsätzlich sollten Sie versuchen sich, sowohl bei einer gesunden Distanz sowie auch bei einem kompletten Kontaktabbruch, räumlich von Ihrer Mutter zu trennen. Wenn ein Umzug in eine eigene Wohnung nicht möglich ist, fragen Sie vielleicht Freunde oder Bekannte, denen Sie vertrauen, ob Sie dort erst einmal unterkommen können, bis Sie in der Lage sind, sich etwas Eigenes zu suchen. Je nach Alter könnte für Sie auch eine betreute Wohngruppe infrage kommen. Für weitere Informationen sollten Sie sich an das zuständige Jugendamt wenden.

Es ist sehr wichtig, dass Sie dem toxischen Umfeld, in dem Sie momentan leben, entfliehen – sowohl räumlich wie auch mental.

6. Kontakt zur Mutter abbrechen? Das kann ich doch nicht machen, oder?

Bei all den Überlegungen kommt Ihnen vielleicht auch in den Sinn, was Verwandte oder Freunde von Ihrer Entscheidung halten werden. Dieser Aspekt nimmt oftmals zusätzlich eine belastende Stellung ein.

Blut ist schließlich dicker als Wasser. Fakt ist jedoch, Sie haben es sich nicht ausgesucht, in eine Familie mit einer narzisstischen Mutter hineingeboren zu werden. Wenn Sie mit Ihrer Mutter und den herrschenden Situationen nicht mehr klarkommen und sich aus dem toxischen Umfeld befreien wollen, dann tun Sie es!

Sie entscheiden, welche Grenzen Sie ziehen – einzig und allein aus dem Grund, um endlich ein ruhiges und glückliches Leben führen zu können.

Freunde, Verwandte oder Bekannte werden den emotionalen Missbrauch mit hoher Wahrscheinlichkeit gar nicht erkannt haben. Sie wissen also gar nicht, welchen Leidensweg Sie hinter sich haben und was Sie dazu veranlasst hat, diese Entscheidung zu treffen. Lassen Sie sich deshalb auch durch Reaktionen wie Unverständnis oder Irritationen nicht beirren. Unter Umständen agiert Ihre Mutter vielleicht auch schon im Vorfeld oder während des Kontaktabbruches gegen Sie und betreibt Rufmord oder Verleumdung. Gehen Sie auf das Thema jedoch gegenüber Dritte nicht weiter ein, sondern erbitten Sie sich Privatsphäre. Antworten Sie in kurzen und knappen Sätzen, dass Sie zum jetzigen Zeitpunkt mit Ihrer Mutter nicht sprechen können und somit auch ein klärendes Gespräch nicht möglich ist.

Ob Sie sich nun für eine gesunde Distanz oder einem kompletten Kontaktabbruch entscheiden, obliegt Ihnen. Sie sollten aber auf jeden Fall über eine Minimierung des Kontaktes zu Ihrer Mutter nachdenken und diese auch realisieren. Zumindest sollten Sie den Umgang mit Ihrer Mutter so lange minimieren, bis Sie sich im Umgang mit ihr sicher sind und sich den neuen Gegebenheiten gewachsen fühlen.

7. Die Reaktion der Mutter: Bereiten Sie sich vor

Wie auch beim Setzen der Grenzen kann auch der Kontaktabbruch oder nur die gesunde Distanz eine Reaktion bei Ihrer Mutter hervorrufen. Machen Sie sich auf jeden Fall darauf gefasst, dass diese extrem sein wird.

Unter Umständen wird Ihre Mutter keine Reaktion zeigen und erstaunlich ruhig auf Ihren Wunsch reagieren. In diesem Fall möchte die narzisstische Mutter auch die Beweggründe der Tochter nicht erfahren. Auch wenn dies vielleicht für Sie schockierend oder erstaunlich ist, so ist diese Reaktion jedoch die Beste, die Sie erhalten können.

Denn im schlimmsten Fall könnte Ihre Mutter genau gegenteilig reagieren. Sie werden mit Telefonanrufen terrorisiert, Ihre Mutter steht unangemeldet vor der Tür oder sie manipuliert die Menschen in Ihrer Umgebung, um an Informationen zu kommen oder um sie davon zu überzeugen, den Kontakt zu ihr wieder aufzunehmen. Wut und Ärger können ebenso Reaktionen sein, wie das Schlechtmachen und Belächeln der eigenen Tochter. Vielleicht wird sie Ihnen auch unterstellen, psychisch krank zu sein. Es gab sogar schon Fälle, in denen narzisstische Mütter die Arbeitgeber ihrer Töchter kontaktiert haben. Bedenken Sie immer, je nach Typus des Narzissmus Ihrer Mutter, kann diese in solch einer Situation von Rache getrieben sein. Sie wird alles versuchen, um Sie als Tochter wieder zurück in die narzisstische Beziehung zu bringen. Vielleicht setzt sie auch auf Mitleid und inszeniert Notfälle oder droht sogar mit Selbstmord.

Bevor Sie den Weg des Kontaktabbruchs oder einer gesunden Distanz gegenüber Ihrer Mutter gehen, sollten Sie versuchen, an Ihrem Selbstwert und Ihrem Selbstbewusstsein zu arbeiten, um die möglichen verbalen Tiefschläge Ihrer Mutter nicht zu nahe an sich herankommen zu lassen. Sie müssen sich auf jeden Fall schützen.

Hierzu können Sie beispielsweise auch ein gerichtliches Kontaktverbot erwirken. Weiterhin steht es Ihnen frei einen Rechtsanwalt aufzusuchen, der Sie über weitere Möglichkeiten informiert, die Ihnen zur Verfügung stehen. Das erste Beratungsgespräch ist in den meisten Fällen kostenfrei.

KAPITEL 7

Die narzisstische Kindheit überwinden und neue (eigene) Wege gehen

Bevor wir uns in diesem Kapitel mit der Selbstheilung beschäftigen, möchten wir Ihnen Petra vorstellen. Sie ist 45 Jahre alt und Mutter von drei Kindern. Beeindruckend, aber vor allem auch sehr authentisch berichtete uns Petra von ihrer Kindheit mit einer narzisstischen Mutter:

(*)[4] »Mein Name ist Petra und ich bin inzwischen 39 Jahre alt. Ich habe eine narzisstische Mutter. Als ich geboren wurde, waren meine Eltern beide noch sehr jung. Mein Vater war 21 Jahre alt und meine Mutter gerade mal 17. Ich habe außerdem einen vier Jahre jüngeren Bruder und eine sechs Jahre jüngere Schwester.

Das Zusammenleben mit meiner narzisstischen Mutter hat meine Kindheit und mein gesamtes späteres Leben stark

4 * aus dem Erfahrungsbericht einer Betroffenen

beeinflusst. Ich selbst habe an meine ersten Lebensjahre kaum Erinnerungen. Nur aus Erzählungen weiß ich, dass ich im Kindergarten war. Selber daran erinnern kann ich mich aber gar nicht. Anscheinend entstehen diese Erinnerungslücken aus dem fehlenden Urvertrauen. Zumindest wurde mir das so von meinem Therapeuten berichtet.

Trotzdem kann ich mich noch an Fetzen meiner Kindheit erinnern. Einmal bin ich von zu Hause weggelaufen. Ich war erst drei Jahre alt. Davor sagte ich meiner Mutter, dass ich ausziehen möchte, woraufhin diese antwortete: »Dann hau doch ab!« Danach bin ich einfach gegangen. Und meine Mutter hat nichts getan. Schließlich fand mich meine Oma am Abend und sie brachte mich zu meiner Mutter zurück. Ob ich wollte oder nicht.

Eine weitere Situation stammt aus meiner Zeit in der Grundschule. Ich spielte mit meinen Freundinnen Familie. Ich spielte die Mutter. Doch meine Freundin, mein Kind, machte nicht, was ich wollte. Also schlug ich ihr ganz doll ins Gesicht, worauf hin mich alle meine Freundinnen beschimpften. Mir war das Problem gar nicht bewusst. Bis zum damaligen Zeitpunkt war es für mich normal, so zu handeln. Ich dachte, das wäre in allen Familien so. Erst dadurch ist mir bewusst geworden, dass wohl nicht jedes Kind zu Hause Schläge ins Gesicht kassiert.

Eine weitere Situation betrifft einen Tag mit meinem Bruder und meiner Großtante. Nachmittags wollten wir gemeinsam spazieren gehen. Hierzu gab sie mir meinen Mantel sowie meinen Schal. Doch plötzlich fing mein Bruder an wie wild zu schreien. Deshalb dachte ich, dass ich nun (mal wieder) Ärger bekommen würde. Doch ich stellte erstaunt fest, dass mein Bruder Ärger bekommen hat. Ich hingegen bekam ein Lob, weil ich so brav den Anweisungen gefolgt bin. Das hat mich echt überrascht. Zu Hause war schließlich ich immer die Böse.

Noch intensiver waren meine Erinnerungen während der Pubertät. Die Pubertät stellt die Mutter-Tochter-Beziehung bekanntlich immer auf die Probe. Noch viel tragischer wird es aber bei einer narzisstischen Mutter. Meine Mutter konnte mit meiner Pubertät nicht umgehen. Sie ist nicht damit klargekommen, dass ich nun erwachsen wurde. Meine eigene Entwicklung hat sie als Angriff auf sich selbst wahrgenommen. Dadurch war ich in der Pubertät noch viel mehr der Sündenbock als ohnehin schon. Sie kritisierte mein Aussehen. Sie demütigte mich. Sie sprach Strafen sowie völlig haltlose Schuldzuweisungen aus. Ich fühlte mich während dieser Zeit quasi wie ihre Leibeigene. Ich fühlte mich so als könnte ich niemals aus dem Gefängnis narzisstische Mutter entfliehen.

Doch das alles hat meiner narzisstischen Mutter noch nicht gereicht. So hat sie auch gerne neue Sachen erfunden, um mich bestrafen zu können. Beispielsweise kam sie einmal mit einer aufgerauchten Zigarette zu mir und meinte dann, dass ich diese geraucht hätte. Dies habe ich aber entschieden verneint. Sie zwang mich dann in ihrer Anwesenheit eine Zigarre zu rauchen. Die durfte ich aber nicht nur paffen. Ich musste sie richtig mit der Lunge rauchen. Nachdem sie gesehen hat, wie schlecht es mir geht, hat sie sich dann richtig gefreut.

Das war noch nicht alles. Ich musste auch Bestrafungen aus den banalsten Gründen ertragen. Ein Weinen, ein Lachen oder ein Husten waren schon genug für meine Mutter, um mich dafür zu bestrafen.«

Wie erging es Ihnen diesen Bericht von Petra zu lesen? Einer Frau, die das Gleiche erlebt hat wie Sie? Haben Sie beim Lesen Ähnlichkeiten wiedererkannt oder sind Ihnen vielleicht Bilder Ihres emotionalen Missbrauchs durch die eigene Mutter durch den Kopf geschossen. Es steht außer Frage, dass eine narzisstische Kindheit bei den Betroffenen ein Trauma hinterlässt.

Doch was ist ein Trauma eigentlich?

Der Begriff ′Trauma‵ stammt aus dem Griechischen und bedeutet Wunde. Sie haben aus Ihrer Kindheit mit einer narzisstischen Mutter also eine seelische Verletzung erlitten. Die traumatisierenden Erlebnisse führten zu einer Überforderung der psychischen Schutzmechanismen. Die traumatisch erlebten Ereignisse verursachten eine tiefe seelische Erschütterung und hatten eine Überforderung des angeborenen biologischen Stresssystems zur Folge. Demnach zeigt sich ein Trauma nicht nur in psychischer Weise, sondern auch körperlich. Während des emotionalen Missbrauchs kam es zu einer Überflutung Ihres Gehirns im Rahmen der überwältigenden Stressreaktion. Das Erlebte konnte also nicht richtig verarbeitet werden, da Sie die Erfahrungen mit Ihrer Mutter nicht im gewohnten Erlebnisschatz integrieren und anschließend wieder Abstand gewinnen konnten. Ihr Körper war während eines langen Zeitraumes einem großen Stresslevel ausgesetzt und so sind auch charakteristische Folgebeschwerden möglich.

In der Psyche eines Menschen hinterlassen traumatisierende Erlebnisse Spuren. Das sogenannte posttraumatische Stresserleben hat auch nichts mit Schwäche zu tun oder mit der Tatsache, dass Sie schlecht mit Krisensituationen umgehen können. Es zeigt lediglich, dass Ihr Gehirn stetig bemüht ist, das Erlebte zu verarbeiten. Das posttraumatische Stresserleben ist demnach eine vollkommen natürliche körperliche sowie auch psychische Reaktion auf stark belastende Ereignisse.

1. Das Trauma überwinden

Das Verkraften oder auch Verarbeiten eines Traumas ist von unterschiedlichen Faktoren abhängig. Die individuelle Lebensgeschichte ist in diesem Fall ebenso wichtig, wie das persönliche Empfinden zum Zeitpunkt der traumatischen

Ereignisse. Aber vor allem die Schwere und die Dauer der Traumatisierung haben einen entscheidenden Einfluss auf dessen Überwindung. Mithilfe der Selbstheilungskräfte ist es möglich, die Belastungsreaktion zu mindern und das Erlebte somit auch zurückzulassen.

Der wichtigste Punkt, um das Trauma der Kindheit zu überwinden, ist sich selbst an einen sicheren Ort zu bringen. Sie brauchen Sicherheit und Schutz, damit die seelischen Verletzungen heilen können.

Sie brauchen also einen Ort, an dem Sie vollkommen sicher sind – einen Safe Place. Dies kann die eigene Wohnung sein. Aber auch Menschen, bei denen Sie sich sicher und geborgen fühlen, können Ihnen diese Art von Schutz bieten. Sie müssen einen Ort haben, an dem Sie zur Ruhe kommen können und der frei von toxischen Einflüssen ist. Denn nur auf diese Weise können die spontanen Heilkräfte und die körpereigenen Erholungsprozesse starten.

Kommen Sie nicht zur Ruhe, sondern spüren immer noch die innerliche Erregung und Angst, verbrauchen Sie enorm viele Kraftreserven. Mit der Zeit werden Sie in einem Erschöpfungszustand kommen, der nicht auf das eigentliche Trauma, sondern auf die Zeit danach zurückzuführen ist. Ihr innerer Motor wird weiter auf Hochtouren laufen, bis Ihnen komplett das Benzin ausgeht.

Um dies zu vermeiden, gibt es zwei wertvolle Tipps, die Ihnen dabei helfen werden, Ihr Trauma zu überwinden.

2. Setzen Sie auf hilfreiche Gewohnheiten

Gibt es etwas in Ihrer Vergangenheit, das Ihnen schon früher geholfen hat, sich zu beruhigen und zu entspannen? Wenn ja, dann nutzen Sie diese Gewohnheiten auch, um das Trauma der Kindheit zu überwinden. Unternehmen Sie einen Spaziergang in einer Umgebung, die Ihnen vertraut ist und mit der Sie vielleicht auch schöne Erinnerungen und Erfahrungen verbinden.

Versuchen Sie sich einfach abzulenken. Während des Traumas werden Sie mit neuen, unverarbeiteten Informationen des Gehirns konfrontiert. Versuchen Sie sich von diesen abzulenken. Vermeiden Sie in diesem Zusammenhang jedoch Tätigkeiten, die Stress auslösen könnten. Selbst wenn Sie sich durch Stress vom Trauma ablenken, führt dies doch oftmals zu Erschöpfung und nicht zur Erholung, die Sie eigentlich brauchen.

Versuchen Sie stattdessen die Traumafolgen mit einem neuen Hobby zu reduzieren. Haben Sie immer im Hinterkopf, dass es auch noch ein Leben nach dem Trauma gibt und es an Ihnen liegt, dieses zu überwinden.

3. Reden Sie über Ihr Trauma

Gespräche über das Trauma zu führen, ist sicherlich der wichtigste Punkt während der gesamten Verarbeitung. Nehmen Sie sich für solche Gespräche ausreichend Zeit und suchen Sie sich Gesprächspartner, denen Sie vertrauen können und die Ihnen auch zuhören. Versuchen Sie empathische Menschen zu finden, die auch auf Ihre Gefühle eingehen können. Sie brauchen jetzt keine Belehrungen oder Vorwürfe, sondern Menschen, die Ihnen einfach nur zuhören. Wichtig ist zudem, dass Sie während des Gespräches nur so viel erzählen, wie Sie selbst wollen. Ihr Gesprächspartner sollte also keinen Druck aufbauen oder immer mehr Informationen erfahren wollen. Sie entscheiden, was Sie erzählen und in welchem Tempo.

Sollte es Ihnen dennoch nicht möglich sein, Ihr Trauma vollständig zu überwinden, empfiehlt sich eine spezielle Traumatherapie. Diese psychologische Hilfe lässt Sie Möglichkeiten zur Bewältigung der traumatischen Ereignisse aus einer ganz neuen Perspektive betrachten.

4. Wenn aus dem Trauma eine posttraumatische Belastungsstörung wird

Oftmals kommen jedoch mehrere belastende Faktoren zusammen und die posttraumatischen Symptome bleiben bestehen. Die Folge ist dann oftmals eine posttraumatische

Belastungsstörung (PTBS). Diese komplexe Störung kann jederzeit nach dem Trauma auftreten. So können die Betroffenen selbst Monate oder Jahre nach dem emotionalen Missbrauch unter Alpträumen und Flashbacks (blitzartiges Wiedererleben) leiden. Das Fatale an einer posttraumatischen Belastungsstörung ist jedoch, dass für die Betroffenen ein normales Leben oftmals gar nicht möglich ist. Denn immer wieder durchleben sie das Trauma. Und das auf eine so realistische Weise, als würde es gerade in diesem Moment passieren. Die unkontrollierbaren Alpträume erschweren das Ein- und Durchschlafen. Die ständigen Gedanken an das Erlebte können einfach nicht abgeschaltet werden. Und wenn doch, sorgen Flashbacks dafür, dass sich die Gedanken wieder um den Missbrauch kreisen. Dabei werden diese Flashbacks oftmals durch sogenannte Trigger ausgelöst. Das können Gerüche, Orte, Melodien oder auch Bilder sein.

Betroffene, die unter einer posttraumatischen Belastungsstörung leiden, sind häufig leicht reizbar, können sich nicht lange auf Dinge konzentrieren und werden von negativen Gefühlen wie Angst und Panik übermannt.

Für einige Patienten fühlt es sich an, als würden sie außerhalb des eigenen Körpers leben – sie beobachten nur und haben keine Möglichkeit einzugreifen. Sie erleben das eigene Sein und die Umwelt in einem gelähmten Zustand.

Eine solche Belastungsstörung kann sich jedoch auch durch körperliche Symptome zeigen. Dazu gehören starkes Schwitzen, Kopfschmerzen, Zittern, Rückenschmerzen, Übelkeit, Magen-Darm-Beschwerden, Bluthochdruck, Müdigkeit und immer wiederkehrende Infekte. Die posttraumatische Belastungsstörung hat also einen enormen Einfluss auf den gesamten Körper.

5. Die posttraumatische Belastungsstörung und der emotionale Missbrauch

Töchter, die jahrelang unter der narzisstischen Mutter gelitten haben, tragen nicht nur tiefe seelische Wunden davon, sondern oftmals auch eine starke Ausprägung der posttraumatischen Belastungsstörung. Der jahrelange emotionale und psychische Missbrauch hat seine Spuren hinterlassen. Und das zeigt sich sehr deutlich, wenn die Töchter beginnen wollen, ein eigenes Leben zu führen.

Betroffene berichten oftmals von einer anhaltenden Traurigkeit, die auch nicht selten mit suizidalen Gedanken verbunden ist. Aber auch unterdrückte sowie explosive Wut lassen sich beobachten.

Oftmals ist auch das eigene Bewusstsein gestört. So kann es beispielsweise passieren, dass die traumatischen Ereignisse vergessen oder verdrängt werden. Erst durch einen speziellen Trigger dringen diese dann wieder in das Bewusstsein. Aber auch das Wiedererleben der traumatischen Erlebnisse und die verzerrte Wahrnehmung der Mutter als Täterin sind möglich.

Die posttraumatische Belastungsstörung kennzeichnet sich bei Töchtern narzisstischer Mütter insbesondere durch die gestörte Wahrnehmung des eigenen Selbst. Sie werden überflutet von Gefühlen der Scham, Schuld, Hilflosigkeit und dem Gefühl anders zu sein als andere. Aber auch die Beziehungen zu anderen Menschen werden durch die Störung beeinflusst. Die Töchter isolieren sich und haben Probleme anderen zu vertrauen. Sie verlieren nicht selten die Hoffnung in die Menschen und werden von einem immerwährenden Gefühl der Hoffnungslosigkeit und Verzweiflung geplagt. Auf der anderen Seite könnten sie auch ständig auf der Suche nach ihrem Retter sein.

Im Laufe der posttraumatischen Belastungsstörung kann es zu einer regelrechten Selbstzerstörung der Betroffenen kommen. Sie beginnen sich und den inneren Schmerz mit Alkohol oder Drogen zu betäuben. Für sie ist dies die einzige Möglichkeit den Erinnerungen des Traumas zu entkommen.

Sie scheuen sich davor, über das Trauma zu sprechen. Denn sie möchten diese schlimmen Situationen nicht noch einmal erleben.

Aber auch die Selbstverletzung ist bei Patienten mit posttraumatischer Belastungsstörung zu beobachten. Sie verletzen sich, um sich selbst spüren zu können oder sich zu bestrafen.

6. Die Behandlung einer posttraumatischen Belastungsstörung

Eine posttraumatische Belastungsstörung kann in der Regel nur durch eine entsprechende Psychotherapie behandelt werden. Dabei wird diese in drei Phasen unterteilt: Stabilisierungsphase, Traumakonfrontation und Integrationsphase.

Wichtig für den Beginn einer Therapie ist jedoch die sichere Umgebung, in der sich der Patient vollkommen geschützt der Traumatisierung stellen und diese verarbeiten kann. Wird diese sichere Umgebung durch den Therapeuten geschaffen, beginnt die **Stabilisierungsphase**. Wie der Name schon sagt, wird in dieser Phase versucht, den Patienten zu stabilisieren. Je nach Schwere der Belastungsstörung kann diese Phase länger oder kürzer dauern. Grundlage ist jedoch immer eine vertrauensvolle Beziehung zwischen Patienten und Therapeuten. Diese Beziehung hat vor allem einen Sinn: Sicherheit vermitteln. Entsprechend wird der Therapeut in dieser Phase seinen Patienten auch über die Symptomatik, Ursachen und Behandlung der Belastungsstörung aufklären. Der

Therapeut wird seinem Patienten vermitteln, dass die psychische Reaktion vollkommen normal nach dem extrem-erlebten Ereignis ist.

Während der Stabilisierungsphase lernen die Patienten auch mehr Kontrolle über die Symptome zu erlangen und somit im Alltag besser zurechtzukommen. Dafür nutzen Therapeuten beispielsweise die sogenannten Imaginationsübungen: Der Patient soll sich vorstellen, sich an einem sicheren Ort zu befinden, an dem ihn die traumatischen Erinnerungen nicht erreichen können.

Diese Übungen können den Betroffenen im Alltag helfen – beispielsweise, um sich selbst zu beruhigen oder um mit Alpträumen oder Flashbacks besser umzugehen. Zusätzlich setzen viele Therapeuten während der Stabilisierungsphase auch auf die Progressive Muskelrelaxation oder das autogene Training, um die erhöhte Unruhe, Gereiztheit oder Schlafstörungen zu verringern.

Zusätzlich werden in dieser Phase die Eigenverantwortung sowie die Bewältigungsfähigkeiten der Betroffenen gefördert. Durch die Erfahrung, wie die Patienten die Symptome der PTBS beeinflussen können, kann es zu einer Verbesserung der eigenen Kompetenz kommen.

Wurde die Stabilisierungsphase erfolgreich beendet, findet in der **Traumakonfrontation** eine Auseinandersetzung und eine psychische Verarbeitung mit dem belastenden

Erlebnis statt. Allerdings findet diese Bearbeitung des Traumas erst dann statt, sofern der Patient ausreichend psychisch stabil ist und sich vor allem auch für diesen Schritt bereit fühlt.

Die Übungen aus der Stabilisierungsphase haben dem Patienten Strategien vermittelt, um die eigenen Gefühle regulieren zu können und sich von den belastenden Eindrücken nicht überwältigen zu lassen. Der Patient hat zudem auch jederzeit die Möglichkeit, das Tempo der Therapie zu bestimmen und die Konfrontation abzubrechen, sofern er sich nicht bereit dazu fühlt oder diese einfach zu belastend ist.

Auch im Vorfeld der Traumakonfrontation wird der Therapeut den Patienten ausgiebig informieren. Und erst dann erfolgt Schritt für Schritt eine Konfrontation mit den Erinnerungen, Bildern oder Gefühlen, die im Zusammenhang mit dem traumatischen Erlebnis stehen. Das Trauma soll auf diese Weise verarbeitet werden. Durch diese Verarbeitung werden die Erinnerungen nicht mehr als Bruchstücke im Gedächtnis gespeichert, sondern werden als Lebenserinnerungen integriert. Während der Therapie kann es sein, dass der Patient die Ereignisse neu bewertet und auch seine Rolle in diesen aus einer anderen Perspektive betrachtet. Entsprechend kann sich der Patient aus der Opferrolle in den aktiv Handelnden transformieren – auf diese Weise kommt es zu einer Stärkung des Selbstwertgefühles.

In zahlreichen Studien konnte belegt werden, dass Therapien, die mit einem Konfrontationsansatz arbeiten, deutlich erfolgreicher sind.

Den letzten Teil der Therapie bildet die **Integrationsphase**. Der Therapeut unterstützt den Patienten in dieser, um wieder in den Alltag zurückzufinden und ein eigenständiges Leben führen zu können. Auch in dieser Phase wird weiter an der Verarbeitung des Traumas gearbeitet, während zeitgleich die Integration in die übrigen Lebensereignisse gefördert wird. In der Integrationsphase kann es auch vorkommen, dass noch zusätzliche Trauerarbeit geleistet werden muss. Vieles im Leben der Patienten hat sich durch das Trauma verändert. Das kann eine gewisse Traurigkeit und Hilflosigkeit mit sich bringen. Zusätzlich werden in dieser Phase auch Bewältigungsstrategien erlernt. Man darf nicht vergessen, dass sich nach dem Trauma das Leben der Patienten sowie auch die Sichtweise verändert haben.

Häufig arbeiten die Therapeuten in dieser Phase auch an weiteren Problembereichen, wie zum Beispiel dem Trainieren der sozialen Fähigkeiten. Hat sich ein Patient beispielsweise in der Vergangenheit extrem in sozialer Weise zurückgezogen, wird er während dieser Phase der Therapie unterstützt, Aktivitäten aufzubauen und den eigenen Alltag sinnvoll zu gestalten. Aber auch praktische Fragen werden in dieser Phase thematisiert. Sprich, sollte jemals wieder der Kontakt zur Mutter aufgenommen werden? Und wenn ja, wie?

Zusätzlich lernen die Patienten in der Integrationsphase, wie effektiv mit einem Rückfall oder wiederauftretenden Symptomen umgegangen werden kann.

Die Therapie einer posttraumatischen Belastungsstörung wird immer an die Probleme des jeweiligen Patienten angepasst. Patienten, die beispielsweise weniger schwer traumatisiert wurden, benötigen oftmals nur eine kurze Stabilisierungsphase und treten entsprechend schon frühzeitig in die Traumakonfrontation ein. Auf der anderen Seiten kann es bei einer komplexen oder auch mehrfachen Traumatisierung notwendig sein, die verschiedenen Phasen der Traumabehandlung zu durchlaufen.

All dies wird jedoch der Therapeut mit Ihnen ausführlich besprechen, sofern Sie sich in eine Behandlung aufgrund einer posttraumatischen Behandlung begeben werden. Wichtig ist jedoch, dass Sie sich an einen Therapeuten wenden, der bereits Erfahrungen auf diesem Gebiet hat.

Sollten Sie während oder nach dem Lesen des Ratgebers zu der Erkenntnis gelangt sein, dass Sie sich Hilfe holen möchten, dann wenden Sie sich vertrauensvoll an Angelika Beck. Als Expertin für Narzissmus verfügt sie über jahrelange Erfahrung in der Arbeit mit Opfern. Sie kombiniert, je nach Diagnose und Hintergrund, die Module verschiedener Therapieverfahren mit großem Erfolg. Mit ihrer Hilfe konnten schon viele Betroffene die destruktive Verbindung hinter sich lassen und ein neues, selbstbestimmtes Leben aufbauen.

Alle weiteren Informationen finden Sie hier:

https://www.angelika-beck.com

Treten Sie auch gerne der dort aufgeführten Facebook-Gruppe bei, um sich mit anderen Betroffenen auszutauschen.

Alternativ können Sie sich auch an Ihren Hausarzt wenden. Denn auch dieser wird Ihnen einen entsprechenden Kollegen empfehlen können bzw. Ihnen eine Überweisung zu einem Spezialisten ausstellen.

Die Hilfe durch einen Therapeuten kann durch nichts und niemanden ersetzt werden. Allerdings kann es möglich sein, dass Sie nicht kurzfristig einen Termin zur Behandlung erhalten. In diesem Fall kann es hilfreich sein, sich mit anderen Betroffenen einer posttraumatischen Belastungsstörung auszutauschen. Mittlerweile finden sich im Internet zahlreiche Selbsthilfegruppen. Einen Überblick über die möglichen Gruppen sowie die entsprechenden Regeln finden Sie hier:

http://posttraumatische-belastungsstoerung.com/online-selbsthilfeangebote

7. Die Angst als ständiger Begleiter

Es muss jedoch nicht immer eine posttraumatische Belastungsstörung sein, die Sie aus der narzisstischen Kindheit davongetragen haben. Vielleicht leiden Sie auch unter Angst- oder Panikattacken. Denn auch dies ist häufig bei Töchtern narzisstischer Mütter zu beobachten.

Eine ausgeprägte Angst, die Kontrolle zu verlieren oder gar verrückt zu werden, kann Ihr Leben bestimmen. Unter Umständen sind diese Attacken bei Ihnen schon so weit fortgeschritten, dass es zu einem Vermeidungsverhalten kommt: Sie verlassen nur noch selten das Haus und sind in eine soziale Isolation geraten. Nicht selten enden Panik- und Angstattacken auch in einer Depression.

Besonders belastend für die Betroffenen sind die Panik- und Angstattacken aufgrund der damit verbundenen Symptome. Atemnot, Benommenheit, Herzklopfen bis hin zu Herzrasen, Schwitzen, Zittern, Engegefühl im Hals, Erstickungsgefühl, Übelkeit, Bauchbeschwerden, weiche Knie, Schwindel oder ein Gefühl der Ohnmacht sind sehr charakteristisch für diese psychische Erkrankung.

In den meisten Fällen treten die Attacken spontan auf und klingen nach wenigen Minuten von selbst wieder ab. Für Betroffene können diese Minuten jedoch zu einer Ewigkeit werden und aufgrund der möglichen Symptome, die auftreten können, auch mit einer regelrechten Todesangst verbunden sein.

Auch für Angst- und Panikattacken kann es spezielle Trigger geben. Aber auch in großen Menschenmengen, öffentlichen Verkehrsmitteln oder überall dort, wo sich die Betroffenen unwohl fühlen, können sie von einer solchen Attacke überrascht werden. Entsprechend ist ein normales Leben kaum noch möglich.

Bei den meisten Betroffenen entsteht die Panik als antrainierte Reaktion auf eine harmlose körperliche Veränderung, wie beispielsweise einem beschleunigten Herzschlag. Der emotionale Missbrauch durch Ihre Mutter hat in Ihrem Körper regelmäßig dazu geführt, dass Ihr Herz schneller geschlagen hat. Hierbei handelt es sich um eine normale Reaktion des Körpers in Stress- oder Angstsituationen. Sofern wir Angst und Stress verspüren, werden die Stresshormone Adrenalin und Noradrenalin in unser Blut abgegeben. Auf diese Weise kann mehr Sauerstoff in den Körper gepumpt werden. Für diesen Vorgang muss unser Herz jedoch schneller schlagen. Zeitgleich steigt auch der Puls und wir bekommen schweißnasse Hände.

Ihr Gehirn hat sich gemerkt, dass ein schneller schlagendes Herz nichts Gutes bedeutet und reagiert, entsprechend des Selbstschutzes, mit einer Angst- oder Panikattacke.

Je nach Häufigkeit der Angst- oder Panikattacken wird auch der Schweregrad bemessen. Ein mittlerer Schweregrad liegt vor, sofern vier Attacken pro Monat auftreten. Von einer schweren Angst- oder Panikstörung wird gesprochen sofern, vier Attacken pro Woche auftreten.

In der Regel werden Panik- und Angstattacken mithilfe der kognitiven Verhaltenstherapie behandelt. Zu Beginn wird der Therapeut den Patienten nicht nur über die Attacken, sondern auch über die damit verbundenen Vorgänge im Körper genau aufklären. Oftmals kann durch dieses Wissen schon ein positiver Krankheitsverlauf gestaltet werden.

Im weiteren Verlauf der Therapie wird der Patient dazu animiert, die Angst- oder Panikattacke schrittweise aufzulösen. Häufig kommt in diesem Fall ein schnelles, tiefes Atmen zum Einsatz. Durch diese spezielle Atemtechnik lernt der Patient, dass der eigene Körper in positiver Weise beeinflusst und die Attacke durch die Veränderung des Atems beendet werden kann. Zusätzlich bekommt der Patient im Zuge einer sogenannten Rückfallprophylaxe während der Therapie das benötigte Wissen vermittelt, um in einem Notfall richtig agieren zu können. In seltenen Fällen wird die kognitive Verhaltenstherapie durch den Einsatz spezieller Medikamente unterstützt.

Doch was können Sie **jetzt** tun, wenn Sie unter einer Angst- oder Panikattacke leiden? Wir haben Ihnen ein paar Erste-Hilfe-Maßnahmen zusammengestellt.

8. Angst- und Panikattacken: Erste Hilfe

Ganz wichtig, setzen Sie sich bei einer solchen Attacke aufrecht hin und atmen Sie tief durch. Versuchen Sie wirklich bewusst Ihre Atmung zu verlangsamen. Wenn Sie bereits hyperventilieren oder das Gefühl haben, ohnmächtig zu werden, halten Sie für 10 Sekunden die Luft an. Alternativ können Sie auch in eine Papiertüte atmen.

Während der Attacke sollten Sie sich immer bewusstwerden, dass Sie sich in keiner lebensgefährlichen Situation befinden. Der emotionale Missbrauch liegt in Ihrer Vergangenheit und nicht im Hier und Jetzt.

Wenn Sie es nicht schaffen, Ihre Atmung selbstständig zu verlangsamen, trinken Sie ein Glas kaltes Wasser. Nach kurzer Zeit werden Sie merken, dass Sie wieder normal atmen.

Lenken Sie Ihre Aufmerksamkeit weg von den Symptomen und der Angst. Fixieren Sie stattdessen einen Gegenstand in Ihrer Nähe, denken Sie an ein schönes Erlebnis oder den nächsten Urlaub. Egal was, Hauptsache Ihre Gedanken kreisen nicht um die Angst und die damit verbundenen Symptome, die Sie gerade in Ihrem Körper spüren.

Sollte sich Ihr Zustand nicht verbessern oder gar verschlechtern, rufen Sie bitte den Notruf, damit Ihnen medizinisch geholfen werden kann.

Auf keinen Fall sollten Sie sich während einer Angst- oder Panikattacke selbst unter Druck setzen und sich schämen. Sie können nichts dafür und sind auch nicht schuld daran. Versuchen Sie zudem sich nicht zu sehr in die Attacke hineinzusteigern oder gar zu glauben, dass Sie sterben werden. Bei allem, was Sie tun, verzichten Sie bitte auf Medikamente, Drogen oder Alkohol, um die Symptome zu lindern oder sich selbst zu beruhigen.

Zusätzlich gibt es auch Optionen, wie Sie einer Angst- und Panikattacke vorbeugen können. Neben einem gesunden Lebensstil mit ausreichend Schlaf, einer gesunden Ernährung und einer guten Balance zwischen Ruhephasen und körperlicher Betätigung, sollten Sie vor allem den Stress in Ihrem Leben so gut wie möglich minimieren.

Setzen Sie sich zudem mit Ihren Ängsten auseinander. Versuchen Sie Ihrem Körper zu vermitteln, dass ein erhöhter Puls oder ein schnellerschlagendes Herz nicht immer etwas Negatives zu bedeuten hat, wie beispielsweise beim Sport oder anderen körperlichen Betätigungen.

Aber vor allem können Sie Angst- und Panikattacken vermeiden, indem Sie endlich beginnen Ihr Leben zu kontrollieren. Sie dominieren den Alltag und nicht Ihre Ängste. Lassen Sie nicht zu, dass Ihre Vergangenheit auch Ihre Zukunft bestimmt.

Falls Sie all diese Dinge nicht selbstständig bewältigen können, sollten Sie professionelle Hilfe in Anspruch nehmen. Auch im Falle einer bestehenden Angst- oder Panikstörung wäre Ihr Hausarzt wieder der erste Ansprechpartner, der Sie dann an einen geeigneten Kollegen überweisen kann.

9. Wege aus der emotionalen Abhängigkeit und dem Gefühl des Alleinseins

Nicht immer leiden Töchter narzisstischer Mütter unter einer schwerwiegenden psychischen Erkrankung. Ganz anders sieht es hingegen mit der Angst aus. Die Angst vor dem Alleinsein und auch die emotionale Abhängigkeit gegenüber der Mutter werden aber auch nach der Abgrenzung und dem möglichen Kontaktabbruch prägnante Themen des Lebens sein.

Die Angst vor dem Alleinsein kann sehr lähmend sein, vor allem in der ersten Zeit. Es entsteht eine große innere Leere – eine Sehnsucht nach Liebe, Geborgenheit und Wärme. Ein Gefühl, das Sie vielleicht schon aus Ihrer Kindheit kennen. Durch den Cut zu Ihrer Mutter kann dies jedoch noch einmal verstärkt werden.

Sie müssen lernen, dass Sie sich selbst so viel wert sind, dass kein anderer Mensch, auch nicht ihre Mutter, Sie schlecht behandeln darf. Aus diesem Grund ist es auch keine Option, weiter die Beute im Spinnennetz Ihrer narzisstischen Mutter zu sein, nur um nicht allein sein zu müssen. Sie haben es einfach nicht verdient, dass so mit Ihnen umgegangen wird, wie es die letzten Jahre der Fall war. Sie können die Angst vor dem Alleinsein überwinden.

Versuchen Sie zu analysieren, warum Sie überhaupt Angst vor dem Alleinsein haben. Wenn Sie alles mit ein wenig Abstand betrachten, werden Sie sehr schnell feststellen, dass es gar nicht so schlimm ist. Durch eine solche Analyse werden Sie Ihre Angst natürlich nicht direkt los. Aber Sie werden Ihre Angst und die damit verbundene Situation relativieren können.

Unter Umständen kann es Ihnen auch helfen, sich bewusst mit der gefürchteten Situation zu konfrontieren. Wenn Sie allein sind, was wäre das Schlimmste, das Ihnen passieren könnte? Und wenn diese Situation dann eintreten würde, was würden Sie tun?

Die Angst ist ein starker Gegner. Tritt sie erst einmal ein, verlieren wir die komplette Situation aus den Augen. Wir sind durch die tiefe Traurigkeit, wie gelähmt.

Aber wissen Sie was: Selbst, wenn Sie Angst haben und sich von einer tiefen Traurigkeit überwältigt fühlen, werden auch diese Emotionen wieder vorrübergehen. Es ist kein Dauerzustand, den Sie nicht überleben werden. Es wird vielleicht eine Weile dauern. Am Ende gehen

Sie jedoch stärker aus dieser Situation heraus. Versuchen Sie mit jemanden über Ihre Angst vor dem Alleinsein zu sprechen. Jemand, der eine objektive Sichtweise auf Ihre Ängste hat. Auf diese Weise erhalten Sie vielleicht auch neue Impulse.

Bedenken Sie immer, Sie wollen jetzt ein neues Leben beginnen. Frei von der narzisstischen Mutter und den damit verbundenen Zwängen. Endlich können Sie das tun, wozu Sie Lust haben. Warum nutzen Sie das Gefühl des Alleinseins nicht einfach, um neue Dinge auszuprobieren? Lernen Sie eine neue Sprache, verreisen Sie oder treiben Sie Sport. Es spielt keine Rolle für was Sie sich entscheiden – Hauptsache Sie haben Freude daran.

Zusätzlich sollten Sie sich auch immer wieder ins Gedächtnis rufen, warum Sie jetzt allein sind. Jahrelang haben Sie unter Ihrer Mutter gelitten. Alles ist besser, als weiter die Quelle der narzisstischen Zufuhr dieser Frau zu sein.

Unter Umständen wird das Gefühl des Alleinseins durch den geringen Selbstwert, den Sie in sich tragen, verstärkt. Die jahrelange emotionale Abhängigkeit zu Ihrer Mutter hat Spuren hinterlassen. Denn der Narzissmus an sich lebt nun einmal von der emotionalen Abhängigkeit.

Sie haben bis jetzt in ständiger Angst gelebt und Ihre Mutter hat Ihnen vielleicht auch das Gefühl vermittelt, allein im Leben nicht zurecht zu kommen. Entscheidungen wurden

Ihnen abgenommen. Sie durften keine eigene Meinung haben und Sie haben permanent Angst zu versagen.

All dies lassen Sie jetzt hinter sich und starten in ein Leben, vollkommen unabhängig von Ihrer Mutter und anderen Personen.

10. Erlangen Sie mehr Eigenständigkeit

Kein Mensch kann durch eine emotionale Abhängigkeit glücklich werden. Auch Sie nicht! Deshalb ist es jetzt Zeit etwas zu verändern.

Seien Sie ehrlich zu sich selbst und erkennen Sie Ihre eigenen Bedürfnisse

Zuerst einmal sollten Sie die Dinge so sehen, wie sie sind. Ihre Mutter leidet unter Umständen an einer narzisstischen Persönlichkeitsstörung. Das ist eine Tatsache, an der Sie nichts ändern können. Und auch Ihre Mutter können Sie nicht ändern, so sehr Sie es vielleicht auch wollen. Erkenntnisse können manchmal schmerzlich sein. Sie helfen uns aber auch das Leben aus einer anderen Perspektive zu betrachten.

Und so haben Sie die Möglichkeit endlich auf die eigenen Bedürfnisse einzugehen. Ihr bisheriges Leben drehte sich ausschließlich um Ihre Mutter. Aber was ist mit Ihren

Wünschen und Bedürfnissen? Was macht Sie glücklich? All die Jahre haben Sie sich selbst aufgegeben und vernachlässigt. Damit ist jetzt Schluss! Jetzt dreht sich die Welt einfach mal nur um Sie!

Ändern Sie Ihre negativen Glaubenssätze

Wie oft haben Sie gehört: »*Du kannst nichts.*« »*Du bist einfach nichts.*« »*Allein wirst du das nie schaffen.*«

Immer wieder hat Ihre Mutter Ihnen diese oder andere Aussagen an den Kopf geworfen. Die Folge: Daraus haben sich negative Glaubenssätze entwickelt, die Ihr Handeln, Verhalten und Ihre Emotionen prägen. Und genau so lässt sich auch Ihr schwaches Selbstwertgefühl und Ihr mangelndes Selbstbewusstsein erklären.

Es ist an der Zeit, dass Sie diese negativen Glaubenssätze ausfindig machen und durch Positive ersetzen. Aus »*Du bist einfach nichts.*« wird »*Ich bin etwas wert.*«

Und aus »*Allein wirst du das nie schaffen.*« wird »*Ich schaffe das allein!*«

Wichtig ist jedoch, dass Sie die negativen Glaubenssätze nicht nur umkehren, sondern auch daran festhalten. Wenn Sie fest daran glauben, werden Sie auch selbstbewusster durch das Leben gehen und sich immer weiter aus der emotionalen Abhängigkeit befreien.

Schenken Sie sich selbst Anerkennung

Sie müssen nicht darauf warten, von anderen Anerkennung und Bestätigung zu erhalten. Denn auf diese Weise werden Sie der emotionalen Abhängigkeit niemals entkommen. Seien Sie stolz auf sich selbst und auf das, was Sie bisher schon alles erreicht haben. Erkennen Sie sich selbst als tollen und einzigartigen Menschen an, der nicht auf die Anerkennung von anderen angewiesen ist.

Nehmen Sie Ihr Leben selbst in die Hand

Sie können nicht darauf warten, dass sich Dinge ändern. Sie müssen selbst aktiv werden und etwas dafür tun, um glücklich zu sein. Überwinden Sie also die Ohnmacht und nehmen Sie Ihr Leben selbst in die Hand – Sie haben nur dieses Eine! Wenn Sie beginnen Ihr Leben selbst zu gestalten, werden Sie schon bald merken, dass Sie sich erfüllter, zufriedener und befreiter fühlen werden.

Schaffen Sie sich ein starkes soziales Umfeld

Ihr bisheriges Leben war nur auf Ihre Mutter ausgerichtet. Dabei haben Sie Ihre eigenen Interessen vollkommen vernachlässigt. Sie brauchen jedoch Freunde und auch Hobbies, um sich austauschen und spiegeln zu können. Aus diesem Grund sollten Sie nun vermehrt daran arbeiten, sich ein starkes soziales Umfeld zu errichten.

11. Die Vergangenheit hinter sich lassen

Bei allem, was Sie tun, ist es wichtig, dass Sie die Vergangenheit hinter sich lassen. Legen Sie die Opferrolle ab. Sie sind kein Opfer mehr – Sie sind eine starke, selbstbewusste und sichere Frau. Ihre traumatische Vergangenheit darf nicht Ihre Zukunft bestimmen. Dazu ist es jedoch notwendig, dass Sie loslassen.

Leider ist es aber oftmals sehr schwer die eigene Vergangenheit hinter sich zu lassen und sich auf die Zukunft zu konzentrieren. Denn die Vergangenheit ist nun einmal ein Teil von uns und das wird auch immer so sein. Schließlich können Sie nicht einfach auf einen Knop drücken und Ihre Vergangenheit ist komplett ausgelöscht. Auch wenn die Vergangenheit immer ein Teil von Ihnen sein wird, müssen Sie sich von dieser nicht negativ beeinflussen lassen.

Eine unverarbeitete Vergangenheit kann anhaltende mentale und körperliche Folgen mit sich bringen. Es kann sogar passieren, dass Sie nicht in der Lage sind innige Beziehungen aufzubauen, weil Sie immer noch in Ihrer Vergangenheit sprichwörtlich feststecken. Deshalb bringt es auch nichts, sich ständig einzureden, dass die eigene Vergangenheit keinen Einfluss auf einen selbst hat. Wenn nicht bewusst, dann zumindest unbewusst wird die Vergangenheit Sie immer wieder in irgendeiner Weise beeinflussen oder auch behindern.

Wenn Sie Ihre Vergangenheit bewältigen wollen, müssen Sie diese erst einmal akzeptieren. Ereignisse, die Sie an Ihre Kindheit oder Mutter erinnern, sollten Sie sich selbst eingestehen. Lassen Sie die aufkommenden Gefühle zu und versuchen Sie nicht, diese zu unterdrücken.

Die traumatischen Erfahrungen aus Ihrer Kindheit haben Ihr Gehirn nachhaltig beeinflusst. Sie können also nicht einfach »darüber wegkommen«. Traumata brauchen lange Zeit, um überwunden zu werden. Der Ausbruch aus der narzisstischen Beziehung zu Ihrer Mutter war erst der Anfang. Durch den emotionalen Missbrauch hat sich Ihr Gehirn verändert. Die gute Nachricht ist jedoch, dass eine erneute Änderung des Gehirns möglich ist, sofern Sie die traumatischen Erlebnisse der Kindheit überwinden.

Ihre Vergangenheit werden Sie niemals ändern können, Sie können aber Ihre Sicht auf die Dinge verändern. Und somit können Sie auch die Art, wie Sie mit Ihrer Vergangenheit umgehen und welche Gefühle Sie diesbezüglich haben, verändern. Wenn Sie dies jedoch nicht tun, wird Ihr verletztes Ich diesen Schmerz immer in neue Beziehungen oder Erlebnisse einbringen.

Sie sollten sich also ab jetzt darauf konzentrieren, Ihre Vergangenheit zu akzeptieren. In diesem Zusammenhang kann es auch hilfreich sein, der eigenen Mutter zu verzeihen. Sie wird immer ein Teil Ihrer Vergangenheit sein. Das Verzeihen der Mutter ist ein Teil der Selbstheilung, aber vor allem für den inneren Frieden wichtig. Um Ihrer Mutter zu verzeihen, müssen Sie keinen Kontakt zur ihr haben. Es ist vollkommen ausreichend, wenn Sie wissen, dass Sie ihr verziehen haben.

Lassen Sie alle Gefühle zu, die in Ihnen aufkommen, wenn Sie an die Vergangenheit denken. Lassen Sie den Emotionen ihren Lauf. Es bringt nichts diese Gefühle zu unterdrücken. Irgendwann werden sie einen Weg an die Oberfläche und ins Bewusstsein finden. Sie sollten negative Gefühle nicht mit sich herumtragen – sie werden Ihnen nur mehr schaden. Gestehen Sie sich jegliche Art von Gefühlen ein und bringen Sie die Kraft auf, diese loszulassen.

Versuchen Sie in diesem Zusammenhang verschiedene Entspannungs- und Meditationstechniken. Auf diese Weise können Sie nicht nur leichter Frieden mit der Vergangenheit schließen, sondern Sie finden auch Ihre ganz persönliche Bewältigungsstrategie. Sie werden durch Yoga oder Meditation sensibler, welche Emotionen gewisse Bereiches Ihres Körpers beeinflussen.

Mithilfe der Entspannungs- und Meditationstechniken bekommen Sie den Raum und die Zeit, um Emotionen aus der Vergangenheit zu identifizieren und zu verstehen. Sie werden auch verstehen, wie diese Emotionen Einfluss auf Ihr Verhalten und Ihr Denkmuster haben. Mit diesem Wissen lässt sich das Negative besser verarbeiten.

Manchmal kann es auch hilfreich sein, Dinge, die Sie vielleicht an Ihre Mutter oder die Kindheit erinnern, für eine Zeit in eine Kiste zu packen. Auf diese Weise werden Sie nicht ständig mit der Vergangenheit konfrontiert. Vor allem zu Beginn der Vergangenheitsverarbeitung kann dies ein sehr wertvoller Tipp sein. Alles, was negative Gefühle in Ihnen auslöst, verstauen Sie irgendwo – Hauptsache Sie müssen es nicht mehr täglich sehen.

Vielen Töchtern hilft es auch, die eigenen Gefühle aufzuschreiben. Wird den Emotionen oder den unverarbeiteten Ereignissen ein Name gegeben, ist es besser zu begreifen. Um die Vergangenheit besser zu verarbeiten, kann es sich deshalb empfehlen der Mutter einen Brief zu schreiben. Schreiben Sie alles auf, was Ihnen in den Kopf kommt. Lassen Sie all die Emotionen heraus, die in Ihnen schlummern. Sie müssen diesen Brief nicht abschicken. Es geht schließlich nicht darum, dass Ihre Mutter von Ihren Gefühlen erfährt, sondern dass Sie beginnen diese loszulassen.

Grundsätzlich sollten Sie keine Wunder erwarten, wenn Sie beginnen Ihre Vergangenheit zu verarbeiten. Sie brauchen Zeit und Raum. Die Auswirkungen Ihrer Vergangenheit müssen behutsam in Ihr Leben integriert werden.

Vor allem aber sollten Sie aufhören, Ihre Kindheit als Entschuldigung zu nehmen. Sie können Situationen verändern, Sie müssen es nur wollen. Wenn Sie sich immer wieder in die Opferrolle positionieren und Ihre Kindheit dafür verantwortlich machen, dass sich Situationen nicht bessern oder verändern, schaden Sie sich damit nur selbst. So werden Sie die traumatischen Erlebnisse aus der Vergangenheit niemals in gesunder Weise in Ihrem Leben integrieren. Akzeptieren Sie stattdessen Ihre Kindheit und erlauben Sie sich selbst zu heilen. Wenn Sie allein nicht weiterkommen, scheuen Sie sich nicht davor professionelle Hilfe zu suchen. In der Regel werden die Kosten für eine psychologische Beratung und Behandlung von der Krankenkasse übernommen.

So schlimm Ihre Vergangenheit auch gewesen ist, nehmen Sie diese nicht als Rechtfertigung, dass Ihre Gegenwart oder Zukunft schlecht ist. Alle Dinge in Ihrem Leben, die nicht so laufen, wie Sie es sich vorstellen, können Sie lösen. Sie sind eine starke, innovative Frau, die eigenständig in der Lage ist, die richtigen Entscheidungen zu treffen, um ein glückliches und erfülltes Leben zu führen. Leben Sie nicht länger in der Vergangenheit, sondern schauen Sie voller Zuversicht in Ihre Zukunft.

12. Bausteine für eine glückliche Zukunft: Selbstvertrauen, Selbstbewusstsein und Selbstliebe

Das Verarbeiten der eigenen Vergangenheit setzt unterschiedliche Gefühle frei. Unter Umständen werden

Sie erst in dieser Phase merken, wie labil die drei wichtigsten Bausteine zur Bildung der eigenen Persönlichkeit und Identität sind.

Selbstvertrauen und Selbstbewusstsein sind für ein erfülltes und glückliches Leben enorm wichtig. Durch den jahrelangen emotionalen Missbrauch sind diese zwei Grundpfeiler bei Ihnen jedoch nur gering ausgeprägt. Sie benötigen ein gesteigertes Selbstvertrauen und Selbstbewusstsein nicht nur für Ihr zukünftiges Leben, sondern auch für die Abgrenzung zu Ihrer Mutter. Jahrelang hat diese Ihnen das Gefühl vermittelt, dass mit Ihnen etwas nicht stimme. Durch diese psychische Gehirnwäsche wurde die Stimme in Ihnen immer lauter. Eine Stimme, die kaum ein nettes oder gutes Wort für Sie übrighat. Eine Stimme, die Sie nur ständig kritisiert und niedermacht. Immer wieder versucht diese Stimme Ihr Selbstwertgefühl anzugreifen und in den meisten Fällen gelingt es auch.

Im Zweifelsfall ist Ihre innere Stimme sogar ein Flying Monkey und wird alles unternehmen, um Ihr Selbstvertrauen und Selbstbewusstsein zu beschädigen. Und dabei geht die innere Stimme so perfide und geschickt vor, dass Sie selbst jedes Wort glauben und als berechtigt erachten. Aber wissen Sie was? Damit ist jetzt Schluss!

Sie werden diese innere Stimme zum Schweigen bringen. Dazu müssen Sie jedoch zunächst Ihr inneres Kind entdecken.

13. Auf der Suche nach dem inneren Kind

Unter Umständen werden Sie schon einmal von dem inneren Kind gehört haben. Dieses wird nicht nur im Buddhismus thematisiert, sondern auch in der westlichen Psychologie. Das innere Kind wohnt in uns allen und wir haben die Aufgabe uns um dieses Kind zu kümmern. Vor allem emotionale Verletzungen in den Prägejahren zwischen 0 und 6 Jahren sind entscheidend und beeinflussen uns auch noch im Erwachsenenalter. An manche Verletzungen können wir uns vielleicht nicht mehr erinnern, aber das innere Kind trägt diese in sich und so haben diese Narben der Vergangenheit unbewusst einen Einfluss auf unser Leben. Und so können auch ungesunde Verhaltensweisen entstehen, die dazu führen, dass wir kein glückliches und erfülltes Leben führen können. Der Autor Peter Beer sagte einmal, dass die Arbeit mit dem innerem Kind der Schlüssel zur Heilung sei.

Wie jedes andere Kind, hat auch das innere Kind Bedürfnisse. In Ihrer Kindheit wurden unter Umständen die wichtigsten Bedürfnisse wie Nähe und Liebe nicht befriedigt. Daraus haben sich Verhaltensweisen entwickelt, die Ihnen jetzt im Erwachsenenalter schaden. Wir sind uns jedoch oftmals gar nicht bewusst, dass die Verbindungen zur Vergangenheit so bedeutend sind. Denn in den meisten Fällen können wir uns gar nicht mehr so genau an unsere Kindheit erinnern. Denken Sie an den Erfahrungsbericht von Corinna. Sie weiß auch nur aus Erzählungen Dinge aus der Kindheit. Vielleicht ergeht es Ihnen ebenso. Sie sehen ein Foto oder ein Video oder hören etwas, dass Sie dann an die Prägungszeit erinnert. Warum ist das so?

Im Alter zwischen 6 und 7 findet im Gehirn eine erneute Umstrukturierung statt. Diese ist notwendig, damit das Denken flexibler und logischer wird. Diese Denkweise benötigen wir, um allein überleben zu können. Aufgrund der Umstrukturierung können wir uns jedoch nur in Ausnahmefällen an die vorherige Prägungszeit unserer Kindheit erinnern.

Unser jetziges Leben ist also nichts anderes als die Summe der kindlichen Prägungen. Somit besitzt auch jeder Mensch negative Verhaltensweise oder destruktive Denkweisen, die ihren Ursprung in der Kindheit haben, aber dennoch das gesamte Leben bestimmen.

Das innere Kind steht also für all die negativen und positiven Erfahrungen, den damit verbundenen Gefühlen und den daraus resultierenden Glaubenssätzen. Wenn wir beginnen mit dem inneren Kind zu arbeiten, lernen wir uns nicht nur besser kennen, sondern wir können auch unsere Vergangenheit heilen. Wir werden in der Lage sein, tief vergrabene Ereignisse ans Licht zu holen – auch wenn dies im ersten Moment vielleicht schwierig ist. Dadurch schaffen wir uns jedoch die Möglichkeit diese zu verarbeiten und loszulassen.

Es ist leider keine Seltenheit, dass die meisten Menschen nur noch einen geringen oder gar keinen Kontakt mehr zu ihrem inneren Kind haben. Auf diese Weise soll verhindert werden, dass die Gefühle, die mit negativ gemachten Erfahrungen in Verbindung stehen, ans Licht kommen. Aber selbst bei einer Trennung zum inneren Kind sind diese negativen Gefühle nur scheinbar weg. Und es hat auch nur den Anschein als würden uns diese nicht belasten. Die Gefühle suchen sich einen Weg an die Oberfläche – in ganz verschiedenen Formen. Und das solange, bis wir sie nicht mehr überhören oder übersehen können. Um Verletzungen aus der Kindheit zu heilen, müssen Sie also mit dem inneren Kind arbeiten.

Die gute Nachricht ist jedoch, dass sich das innere Kind selbst heilen kann. Dafür benötigt es jedoch, Zeit, Aufmerksamkeit und Liebe – Grundbedürfnisse, die jedes Kind hat.

Um das innere Kind kennen und verstehen zu lernen, gibt es unterschiedliche Übungen und Meditationstechniken. Sehr bewährt hat sich in diesem Fall die geführte Meditation. Hierbei wird dem Gehirn der Unterschied zwischen damals und heute deutlich gemacht. Während einer solchen Meditationstherapie werden Glaubenssätze, die das innere Kind lebendig hält, benannt und die Bedürfnisse des inneren Kindes akzeptiert. Die Emotionen und Gedanken, die das innere Kind häufig hatte, werden in diesem Fall nachgefühlt.

Durch die Arbeit mit dem inneren Kind werden Sie Ihrer Mutter unter Umständen auch leichter verzeihen können. Denn das innere Kind hat sich mit ihr ausgesöhnt. Wenn Sie Ihr inneres Kind versöhnen, wird sich dies auch positiv auf Ihre Lebensqualität auswirken. Denn Sie werden dieses Gefühl auch nach außen strahlen. Das innere Kind ist zufrieden und fühlt sich geliebt, also werden auch Sie solche Momente viel häufiger erleben. Ihr inneres Kind musste so viele Verletzungen erleiden und so viel Schmerz ertragen. Die Erlösung des inneren Kindes ist also ein wichtiger Schritt in ein glückliches und selbstbestimmtes Leben.

14. Selbstvertrauen und Selbstbewusstsein aufbauen

Kommen wir zurück zur inneren Stimme und der damit verbundenen Kritik und dem ständigen Niedermachen. Nachdem Sie den Kontakt zu Ihrem inneren Kind wiederhergestellt haben, nehmen Sie dieses verängstigte Kind in den Arm und stellen klar, dass alles, was es früher erlebt oder gehört hat, nicht der Wahrheit entspricht. In Wirklichkeit ist dieses Kind liebenswert und stark. Selbstwert darf kein Fremdwort mehr für Sie sein. Jahrelang hat Ihre Mutter entschieden, wieviel Sie wert sind. Heute entscheiden Sie es!

Um effektiv an Ihrem Selbstvertrauen und Ihrem Selbstbewusstsein zu arbeiten, kann es hilfreich sein eine Liste zu erstellen. Auf die eine Seite schreiben Sie die Eigenschaften und Verhaltensweisen, die Sie an sich mögen und mit denen Sie leben möchten. Auf der anderen Seite notieren Sie die Punkte, die Sie selbst an sich ablehnen.

Nun nehmen Sie sich nacheinander die Eigenschaften und Verhaltensweisen vor, die Sie ablehnen. Bei jeder Eigenschaft sagen Sie laut zu sich selbst: »*Wie jeder Mensch habe ich Fehler und Stärken. Ich bin aber bereit, mich so anzunehmen wie ich bin. Selbst wenn ich (ablehnende Eigenschaft oder Verhaltensweise) bin.*«

Eine weitere Übung für mehr Selbstvertrauen und Selbstbewusstsein ist das Revue-Passieren-Lassen des Tages. Dabei lenken Sie Ihre Aufmerksamkeit aber nur auf die Dinge, die Ihnen gelungen sind oder die positiv für Sie gewesen sind. Es wird immer etwas am Tag geben, für das Sie sich loben können. Sie können sich diese positiven Dinge auch aufschreiben. So haben Sie es schwarz auf weiß und können immer mal wieder nachlesen, was Sie schon alles Großartiges geleistet haben.

Ganz wichtig: Um effektiv Selbstvertrauen und Selbstbewusstsein aufbauen und stärken zu können, müssen Sie Ihre innere Stimme zum Schweigen bringen. Und das gelingt nur durch die Arbeit mit dem inneren Kind. Aber vor allem müssen Sie beginnen sich selbst kennenzulernen.

Sie müssen also Ihre eigene Identität finden. Etwas, das Ihnen vielleicht verborgen geblieben ist.

15. Das Suchen und Finden der eigenen Identität

Sie haben all die Jahre auf Ihre Mutter oder Ihre innere Stimme gehört. Sie haben die Meinungen anderer angenommen, ohne dabei eine Eigene zu haben. Sie jagen vielleicht sogar etwas nach, was überhaupt nicht Ihrer Natur entspricht. Sie wollen ein Mensch sein, der Sie nicht sind. Wissen Sie wer Sie sind und welche Stärken Sie haben? Das Fehlen der eigenen Identität lässt sich auch auf die Verletzungen des inneren Kindes zurückführen. Sie merken also, wie wichtig dieses Thema für die Bewältigung der Vergangenheit ist.

Um sich wirklich aus den Fesseln der narzisstischen Vergangenheit befreien zu können, müssen Sie damit beginnen, sich erst einmal selbst kennenzulernen. Erfahren Sie so viel wie möglich über sich selbst. Ihr bisheriger Weg war von anderen fremdbestimmt – vor allem durch Ihre narzisstische Mutter. Jetzt, in diesem Moment, werden Sie vielleicht gar keine Antwort auf die Frage: ***Wer bin ich eigentlich?*** haben.

Sie werden diese Antwort aber finden. Dazu müssen Sie Ihren inneren Kern erkennen und herausfinden, was in

Ihnen Emotionen auslöst und zu was Sie sich hingezogen fühlen. Was möchten Sie aus sich heraustun, ohne dass Sie dafür Anerkennung von anderen bekommen?

Es gibt jedoch noch den dritten Baustein für eine glückliche Zukunft: Selbstliebe. Diese bildet auch einen wichtigen Aspekt, um das Selbstbewusstsein und Selbstvertrauen zu stärken.

16. Die Notwendigkeit der Selbstliebe

Um einen wichtigen Punkt gleich einmal vorweg zu nehmen: Selbstliebe hat nichts mit Narzissmus zu tun. In der Selbstliebe geht es primär darum, dass Sie für sich da sind und zu sich selbst stehen können. Nur weil Sie sich selbst lieben und wertschätzen, bedeutet es nicht, dass Sie überheblich oder ich-bezogen sind. Selbstliebe bedeutet nichts anderes, als sich selbst zu akzeptieren und um sich selbst zu kümmern. Dinge, die Sie in der Vergangenheit vollkommen außeracht gelassen haben, weil Sie zu sehr damit beschäftigt waren, die Quelle der narzisstischen Zufuhr Ihrer Mutter zu sein. Sie haben sich so sehr nach Liebe und Anerkennung gesehnt, dass Sie Ihre eigenen Bedürfnisse und die Liebe zu sich selbst vollkommen vergessen haben.

Wenn Sie Selbstvertrauen und Selbstbewusstsein aufbauen möchten, müssen Sie zunächst einmal gut für sich selbst sorgen können. Denn niemand anderes kann diese Aufgabe für Sie übernehmen. Sie sind selbst für sich verantwortlich. Sie müssen also nicht nur Verantwortung für Ihr Leben übernehmen, sondern auch für Ihre Bedürfnisse sorgen.

Dazu gehört auch, dass Sie Ihre Grenzen kennen und dafür sorgen, dass diese eingehalten werden. Sie müssen sich mit allem versorgen, das Sie brauchen. Sei es Ruhe, Entspannung, eine gesunde Ernährung, genügend Schlaf oder neue und spannende Ereignisse. Wenn es Ihnen nicht gutgeht, schenken Sie sich selbst Trost, anstatt sich dafür auf irgendeine Weise zu bestrafen oder zu kritisieren. Seien Sie nett zu sich selbst und loben Sie sich für Erfolge – auch für die Kleinen.

Machen Sie sich selbst Komplimente. Sagen Sie sich beispielsweise mindestens einmal am Tag etwas Nettes. Pflegen Sie sich und tragen Sie Kleidung, in der Sie sich wohlfühlen.

Aber vor allem sagen Sie auch mal `**Nein**`. Mangelndes Selbstwertgefühl und fehlende Selbstliebe sorgen dafür, dass Sie leicht zu manipulieren sind. Sie werden ausgenutzt und so werden Sie es niemals schaffen aus den drei wichtigen Bausteinen eine solide und feste Persönlichkeit zu errichten. Sie können den Teufelskreis durchbrechen, indem Sie freundlich aber bestimmend Nein sagen – vor allem, wenn Sie zu etwas überredet werden sollen, was Sie gar nicht wollen.

Sie stehen jetzt auf der Prioritätenliste Ihres Lebens an erster Stelle. Behalten Sie immer im Hinterkopf, dass Sie nichts geben können, das Sie nicht haben. Ihr Fokus liegt jetzt erst einmal bei Ihnen. Und das ist weder egoistisch noch selbstsüchtig. Wenn Sie gut zu sich selber sind, können Sie auch für andere da sein.

Beginnen Sie damit sich täglich selbst aufzubauen. Überlegen Sie sich, warum Sie, so wie Sie sind, toll sind. Und genau das sagen Sie sich jeden Morgen und jeden Abend vor dem Spiegel. Was sich im ersten Moment vielleicht ein wenig kitschig anhört, hat aber eine sehr effektive Wirkung.

Im Zusammenhang mit Ihrer Selbstliebe sollten Sie in Zukunft auch nur dann helfen, wenn Sie es wirklich wollen und nicht weil es, unter Umständen, von Ihnen erwartet wird. Helfen Sie nur, wenn es Ihnen selbst gut geht oder Sie wirklich helfen wollen. Fragen Sie sich immer, ob Sie ausreichend Energie haben, um einer anderen Person zu helfen. Wenn dem nicht der Fall ist, sagen Sie »*Nein*«. Unter Umständen müssen Sie wirklich an sich arbeiten und üben »*Nein*« zu sagen. Mit der Zeit wird es aber definitiv besser werden – versprochen. Sie dürfen bei allem, was Sie tun, niemals sich selbst aus dem Fokus verlieren. Konzentrieren Sie sich in erster Linie auf die eigene Person.

Nun kann es sich mit der Selbstliebe natürlich ein wenig schwierig gestalten. All die Jahre lag Ihr Fokus auf der narzisstischen Mutter und deren Wünsche und

Bedürfnisse. Damit Sie aber relativ schnell ein Gefühl dafür bekommen, was Ihnen guttut und wie Sie sich selbst wieder lieben und anerkennen können, haben wir Ihnen ein paar Tipps zusammengestellt.

17. Integrieren Sie die Selbstliebe in den Alltag

Mit sich selbst im Reinen zu sein und sich vor allem so zu akzeptieren, wie man ist – genau das ist Selbstliebe. Der Weg dahin, kann vor allem nach einem jahrelangen emotionalen Missbrauch sehr schwierig sein.

Erlauben Sie sich selbst glücklich zu sein

»Ich habe ein Recht darauf glücklich zu sein!« Diesen Satz sollten Sie sich auf einen Zettel schreiben und an einem Ort platzieren, wo Sie ihn jeden Tag lesen können. All das Vergangene liegt weit hinter Ihnen und darf keinen Einfluss mehr auf Sie haben. Sie müssen nicht gewisse Dinge tun, um genug zu sein. Sie müssen lediglich Sie selbst sein. Dazu gehört auch, sich Fehler einzugestehen oder zuzugeben. Wenn Sie all diese Punkte berücksichtigen, werden Sie sich selbst stärker lieben als einen anderen Menschen. Die Selbstliebe ist Grundvoraussetzung für harmonische Beziehungen. Vielleicht kennen Sie das Sprichwort: »*Wer sich selbst nicht lieben kann, wird auch keinen anderen Menschen lieben können.*«

Es ist fast unmöglich authentische und innige Gefühle für einen anderen Menschen aufzubringen, wenn man diese nicht für sich selbst empfindet.

Um glücklich zu sein, sollten Sie sich selbst so pflegen, als wären Sie mit sich selbst in einer Liebesbeziehung. Achten Sie auf Ihr Äußeres und versuchen Sie alles, um sich schön zu fühlen. Unser Äußeres ist das Spiegelbild unserer inneren Gefühle.

Beginnen Sie zu akzeptieren

Der Widerstand gegen Dinge, die wir momentan nicht ändern können, ist eine der dunkelsten Mächte in unserer Seele. Diese Macht kann sich negativ auf die Selbstliebe auswirken. Lernen Sie mit Ihren Ecken und Kanten umzugehen und diese zu akzeptieren. Ansonsten erzeugt der Widerstand gegen die Dinge, die Sie nicht ändern können, nur negative Energie, die wieder einen zerstörerischen Einfluss auf Ihr Leben haben wird. Es geht aber nicht nur schlichtweg darum zu akzeptieren, sondern vor allem auch um das Hinterfragen.

Es gibt sicherlich auch Situationen in Ihrer Vergangenheit, die Sie nicht auf sich beruhen lassen können. Haben Sie eine solche Situation gerade parat? Sehr gut! Stellen Sie sich die Situation also noch einmal geistig vor und fragen Sie sich dann:

»Kann ich an dem, was geschehen ist, etwas ändern?«

»Warum genau fühle ich mich (beispielsweise hilflos)?«

»Konnte ich aus der Situation etwas lernen?«

Nachdem Sie sich diese Fragen gestellt haben, setzen Sie sich mit den Gefühlen auseinander. Anschließend atmen Sie einmal tief durch und treffen die Entscheidung, Ihr Leben nicht mehr von dieser besagten Situation abhängig zu machen.

Geben Sie Ihrer Seele den benötigten Halt

Vertrauen spielt in jeder menschlichen Beziehung eine wichtige Rolle. Aber wie sieht es mit Ihrem Vertrauen gegenüber sich selbst aus? Vertrauen Sie auf Ihre eigenen Fähigkeiten? Geben Sie sich selbst den benötigten Rückhalt, wenn Sie ihn brauchen?

Das Vertrauen in sich selbst können Sie nur dann verbessern, wenn Sie ausreichend Zeit mit sich verbringen. Aus diesem Grund ist das Alleinsein, das wir im Unterkapitel »***Wege aus der emotionalen Abhängigkeit und dem Gefühl des Alleinseins***« thematisiert haben, auch nicht negativ zu sehen.

Gehen Sie allein auf Reisen, verbringen Sie Zeit mit sich selbst und machen Sie vor allem Dinge, vor denen Sie Angst haben. So können Sie stolz auf sich sein und sich sagen: »*Das habe ich ganz allein geschafft!*«

Sie werden merken, wie schnell Sie sich selbst vertrauen. Sie werden Ihr eigener Rückhalt sein und genau auf diesen kommt es an.

Tun Sie sich etwas Gutes

Wie könnten Sie sich besser Ihre Selbstliebe zeigen als sich hin und wieder etwas Gutes zu tun? Laden Sie sich selbst ins Kino oder zum Essen ein. Vielleicht führen Sie auch eine sogenannte Me-Time in den Alltag ein. Eine Zeitspanne, in der Sie nur das machen, wozu Sie Lust haben oder wonach Ihnen der Sinn steht. Wenn Sie einen ganzen Tag einfach nur Serien oder Filme schauen möchten, dann machen Sie es! Hören Sie vor allem auf Ihr Herz.

Haben Sie Träume und Ziele

Träume und Ziele sind für ein glückliches und zufriedenes Leben wichtig. Dabei sollten es jedoch **IHRE** Ziele und Träume sein und nicht die von anderen Personen. Schreiben Sie Ihre Ziele und Träume auf einen Zettel und platzieren Sie diesen dort, wo Sie ihn immer sehen können. Mit dem Erreichen der eigenen Ziele und Träume wird Sie ein enormes Gefühl von Stolz überkommen – Ihre Seele wird beinahe überflutet von diesem Gefühl. Und Sie wissen ganz genau, dass Sie etwas tun, das Ihnen am Herzen liegt.

Bei allem, was Sie tun, sollten Sie immer sehr geduldig mit sich sein. Sie werden nicht von heute auf morgen mehr Selbstbewusstsein und Selbstvertrauen erlangen und Sie werden sich auch nicht über Nacht mehr lieben und akzeptieren. Schritt für Schritt werden Sie vorankommen und für jeden Erfolg sollten Sie sich feiern. Die Spuren und Narben der Vergangenheit werden nicht direkt verschwinden. Mit der Zeit werden sie jedoch heilen – wenn Sie es zulassen.

Durch die narzisstische Kindheit wird Ihnen eine gewisse Basis im Leben fehlen. Deshalb haben Sie bisher auch nur destruktive Erfahrungen im Leben gemacht oder Sie sind immer wieder an destruktive Menschen geraten. Diesem schmerzhaften Kreislauf können Sie jedoch nur entkommen, indem Sie Ihr wahres Selbst finden und eine eigenständige Persönlichkeit aufbauen.

Hilfe für Opfer von Narzissmus

Sie konnten in diesem Buch vieles Wissenswertes über den Narzissmus und die damit verbundenen Folgen für die Angehörigen erfahren. Das schlechte Gewissen, das in Ihnen ein Leben lang erzeugt wurde, übt einen enormen Druck auf Sie und Ihr gesamtes Leben auf. Sie müssen aber nicht länger in dieser Starre aus Schuldgefühlen verharren und sich den Erwartungen Ihrer Mutter anpassen.

In diesem Buch haben wir Ihnen Wege aufgezeigt, wie Sie dem narzisstischen Spinnennetz Ihrer Mutter entkommen können. Scheuen Sie sich nicht davor, Hilfe in Anspruch zu nehmen, um aus diesem endloserscheinenden Alptraum erwachen zu können. Denn auch nach dem Wissen, dass die eigene Mutter an einer narzisstischen Persönlichkeitsstörung leidet, kann in Ihnen ein Gefühl von Hilflosigkeit aufkommen. Schließlich haben Sie sich in den letzten Jahren in einer Co-Abhängigkeit befunden.

Für psychische Erkrankungen, die aus der narzisstischen Kindheit entstanden sind, ist Ihr Hausarzt immer der erste Ansprechpartner.

Nutzen Sie das bereits angesprochene Therapieangebot von Angelika Beck, um sich mit anderen Betroffenen auszutauschen. Auch eine Selbsthilfegruppe, das Jugendamt oder ein Anwalt können ein Ansprechpartner für Sie und Ihre Probleme sein.

Vor einigen Jahren wurde das Projekt »Hilfe für Opfer von Narzissten« ins Leben gerufen. Deutschlandweit wird den Betroffenen von narzisstischen Missbrauch auf unterschiedliche Weise geholfen.

Auch der Verein gewaltlos.de bietet Opfern von emotionalen Missbrauch Hilfe an. Und auch das

Hilfetelefon bietet unter der Rufnummer: 08000 116 016 rund um die Uhr Beratung und Hilfe für Frauen an.

18. Und was ist mit meiner Mutter?

Es liegt in der Natur vieler narzisstischer Töchter, dass sie sich dennoch immer wieder Gedanken um die eigene Mutter machen. Fakt ist jedoch, Sie können Ihrer Mutter nicht helfen, sofern sie es selbst nicht will. Sollte es aber dennoch der Fall sein und Ihre Mutter möchte sich therapeutische Hilfe suchen, werden heute unterschiedliche Therapieformen angeboten, mit denen pathologischer Narzissmus oder auch eine narzisstische Persönlichkeitsstörung behandelbar ist. Es sei an dieser Stelle aber noch einmal erwähnt, dass die meisten Narzissten behandlungsresistent sind und die Notwendigkeit einer Therapie nicht erkennen.

Psychotherapie

Die Psychotherapie ist die häufigste Behandlungsform einer narzisstischen Persönlichkeitsstörung. Aber vor allem die Therapeuten kommen hier oftmals an ihre Grenzen. Da der Narzisst versucht selbst den Therapeuten zu manipulieren. Nicht selten neigen die Narzissten auch dazu diesen zu idealisieren, um ihn im nächsten Augenblick wieder abzuwerten. Um dennoch die Persönlichkeitsstörung behandeln zu können, wird die Sichtweise des Narzissten als ein Selbstschutz verstanden. Viele Therapeuten erkennen zudem die zentralen persönlichen Bedürfnisse des Patienten und gehen auf diese ein. Zusätzlich werden dem Narzissten innerhalb der Therapie klare Regeln und Grenzen gesetzt.

Psychoanalytische und tiefenpsychologisch-fundierte Therapie

In dieser Form der Therapie finden sich unterschiedliche Ansätze zur Behandlung der Persönlichkeitsstörung. So wird unter anderem die übertragungsfokussierte Psychotherapie nach Otto Kernberg und John Clarkin eingesetzt. In dieser wird vor allem mit Deutungen gearbeitet. Auf diese Weise wird der Narzisst mit der Tatsache konfrontiert, dass die eigene Selbstüberschätzung ein Abwehrmechanismus gegen Neidgefühle, Wut und Aggression ist. Bei dieser Therapieform kommt es in der Praxis jedoch sehr häufig zu Abwehrreaktionen und somit auch zu einem Abbruch der Therapie durch den Narzissten.

Der Psychoanalytiker Heinz Kohut empfiehlt hingegen eine unterstützende, fürsorgliche und einfühlsame Therapie. So sollen die Therapeuten die Patienten auch dann respektvoll und einfühlsam behandeln, wenn diese durch den Narzissten abgewertet oder extrem idealisiert werden. Laut Kohut würde der Patient auf diese Weise die Erfahrung machen, dass er eben als Person wertgeschätzt und akzeptiert wird. So könnte sich ein positiveres Selbstbild im Laufe der Zeit entwickeln. Und für dieses Selbstbild müsste der Patient dann nicht mehr auf die ständige Bewunderung der Außenwelt zurückgreifen.

Kognitive Verhaltenstherapie

Diese Therapieform baut auf einer wertschätzenden, tragfähigen und therapeutischen Beziehung auf. Die Eigenheiten des Narzissten werden also nicht gewertet, sondern es wird vielmehr auf konkrete Erfahrungen und Probleme eingegangen. So lassen sich die charakteristischen Schwierigkeiten herausarbeiten und mit der Zeit verändern.

Während der kognitiven Verhaltenstherapie wird zudem auch versucht die ungünstigen Denkmuster zu verändern. Die Patienten lernen, dass sich ihr Selbstwertgefühl nicht nach den Meinungen anderer richten muss und sie bekommen die Möglichkeit, mit Kritik besser umzugehen. Zusätzlich wird die Denkweise der Narzissten hinterfragt und durch abgestufte Sichtweisen ersetzt.

Während der kognitiven Verhaltenstherapie setzen die Therapeuten oftmals auf Rollenspiele, die aufgezeichnet werden. Durch das Videofeedback können die Narzissten die Erfahrung machen, wie das eigene Verhalten auf andere wirkt. Mithilfe dieser Spiegelung ist es möglich, leichter Veränderungen hervorzurufen.

Psychopharmaka

Grundsätzlich kommen unterschiedliche Psychopharmaka bei einer narzisstischen Persönlichkeitsstörung nicht zum Einsatz. Es gibt jedoch Ausnahmen. So werden die Betroffenen medikamentös behandelt, sofern eine weitere psychische Störung vorliegt. Dies ist etwa bei Depressionen der Fall. Aber auch hier entscheidet der Arzt je nach Patient, ob eine Medikation nötig und für den Patienten hilfreich ist.

Impressum

Charlotte Sommer wird vertreten durch:
Daniel Völz
Tamar Mepe Straße 14
0112 Tiflis, Georgien
E-Mail: hello@daniel-voelz.com
Vertreten durch: Daniel Völz
Verantwortlich für den Druck: Amazon Distribution GmbH, Leipzig

Printed in Poland
by Amazon Fulfillment
Poland Sp. z o.o., Wrocław

28073576R00113